이
수
은

대학에서 국문학을, 대학원에서 현대 시를 전공했다. 유럽 중세사를 연구한 책 한 권을 읽고 과하게 심취하여 독일 유학을 결행했으나, 무모한 도전임을 깨달아 이 년 만에 돌아왔다. 서른에는 취업을 해야 한다는 절박함으로 구직 끝에 출판사에 입사, 이십 년간 편집자로 일했다. 직업상 다양한 종류의 글을 읽게 되지만, 개인적으로는 17세기 이전에 쓰인 고전을 특히 좋아한다. 이유는, 시류에 영향 받는 견해들로부터 자유로우면서도 인간의 본연성을 탐구하는 경이와 감동이 있기 때문이다.

이토록 짜릿한 고전 읽기의 즐거움을 널리 알리고 나누고 싶은데 관심 가져 주시는 분들이 적어 쓸쓸해 하던 중, 합정역 사거리에서 신호등을 기다리다 불현듯 깨우침을 얻었다. 책이라는 것도 노래나 여행처럼 각자의 마음 상태나 기분에 따라, 또 시절과 형편에 따라 다르게 다가오기 마련. 하여, 상황별 맞춤 책을 제안해보기로 했다. 몇 권의 책을 번역했지만 모두 피치 못할 사정에 의한 것이었을 뿐, 글로 하는 일 중에서 번역이 가장 어렵다고 생각한다. 지은 책으로 『숙련자를 위한 고전노트』가 있다.

◆◆◆

실례지만, 이 책이 시급합니다

◆◆◆

실례지만, 이 책이 시급합니다

이수은

민음사

◆◆◆

차례

1부 마음만으로는 안 되는 일

2부 괜찮다고 말하지 좀 마요

3부 연결되어 있다는 것

4부 별일 없어도 읽습니다

5부   지금까지 실례 많았습니다

1부

마음만으로는
안 되는 일

가슴속에 울분이 차오를 때는

『카타리나 블룸의 잃어버린 명예』
『울분』
『일리아스』

열여섯 살 소녀는 UN에서 세계 기후 변화의 심각성을 호소하며 울분을 토했다는데, 어째서 나의 울분은 이토록 사사롭고 소소하며 일상적인가. 해결하고 싶은 인생 과제 중 하나가 내 울분의 지독한 개인성이라는 게 진심으로 분하다.

점심 먹으러 식당에 갔는데 사십오 분이 지나도록 음식이 안 나올 때. 점심시간 끝나 간다 항의했더니 "지금이라도 주문 취소해 드려?"라는 말을 들을 때. 엘리베이터를 향해 전력 질주하고 있는데 문 앞에 서 있던 사람이 냉큼 올라타더니 안에서 닫힘 버튼을 다다다다 누르는 게 보일 때. 그리고 각종 계정과 전자 기기 들이 나에게 비밀번호가 틀렸다고 할 때. 비밀번호 재설정을 위한 본인 확인 질문의 답이 틀렸다고 할 때. 비밀번호는 맞는데 지금 즉시 다른 비번으로(12자리, 영문, 대문자, 특수문자 포함) 변경해야 접속시켜 준다고 할 때. 욕할 대상이 나밖에 없어서 원통하다.

자잘한 '분'들이 심중에 차곡차곡 쌓여 가던 어느 날. 사람들과 잡담을 하다가 얼핏 '오늘의 울분'을 하소연했는데, 나와 가장 거리감 있는 인물이 냉큼 말을 가로챌 때. 진심이 느껴지는 어투로 조곤조곤, 넌 왜 그렇게 매사 부정적이냐, 세상을 좀 밝은 시선으로 보려고 해 봐라, 마음을 곱게 쓰면 나쁜 일도 좋아진다 하면서 자기 머릿속 장미꽃밭에 나를 강제 이주시키려 할 때. 억눌렸던 화가 점층법으로 폭발해 내면의 야수가 풀려나려는 그런 때, 읽는 책이 있다.

카타리나 블룸은 독일 유수의 언론사 기자를 권총으로 사살했다. 기대를 품고 그녀의 집을 찾았던 기자는 무방비 상태로 총을 네 발 이상 맞아 즉사했다. 범행 후 카타리나는 술집에 가서 태연히 서빙 일을 했고, 그날 저녁 자수하면서도 경찰에게 "왜 그를 죽이면 안 되나요?"라고 반문했다. 둘 사이에 과연 무슨 일이 있었던 걸까? 기자는 정말로 죽어 마땅한 인간이었나.

『카타리나 블룸의 잃어버린 명예』는 1974년 출판된 소설로, 작가 하인리히 뵐은 당시 서독 사회를 뒤흔든 정치 스캔들과 실제 인물들을 모티프로 하여 이 작품을 썼다. 나는 1990년대에 번역본을 처음 읽었는데, 이십여 년 전에 쓰인 외국 소설임에도 한국의 현실과 끔찍하게 닮아 있어 큰 두려움을 느꼈더랬다.

카타리나의 '명예'를 짓밟는 악의 축은 두 개다. 하나는 공권력이고 다른 하나는 언론이다. 스물일곱 살의 싱글 여성으로, 범죄 전력이 전혀 없고, 국가 공인 가정 관리사라는 직업을 가지고 성실히 살아가던 시민 카타리나는 축제 때 우연히 알게 된 남성과 하룻밤을 보낸 다음 날, 중무장한 경찰에 의해 테러리스트 혐의로 체포된다. 소설에 묘사된 불법 도청과 민간인 사찰, 강압 수사와 인권 침해 등은 한때 우리의 과거에도 짙게 그늘을 드리웠던 암흑을 연상시킨다.

그러나 이제 시대가 바뀌었다. 터무니없는 정치 공작이 호락호락 먹히는 세상이 아니다. 인터넷이라는 막강한 정보 전파 수단에 기댄 언론과 미디어가 감시와 자정 기능을 훌륭히 발휘하고 있다. 우리는 디지털 네트워크를 합리적이고 지혜롭게 활용해 모두에게 유익하고 올바른 판단을 내릴 수 있게 되었다. 진짜로?

『카타리나 블룸의 잃어버린 명예』에는 부제가 있다. '폭력은 어떻게 발생하고 어떤 결과를 가져올 수 있는가.'

카타리나의 총에 맞아 죽은《차이퉁》의 기자 퇴트게스는 그녀의 부모 형제를 포함해 과거부터 현재까지 그녀를 아는 모든 주변인을 들쑤셔서 그중 카타리나에게 불리한 진술, 예를 들어 "그녀는 진짜 창녀 같은 기질이 있어요." 같은 것만 짜깁기해 기사로 내보냈다. "관심을 가질 권리가 있는 여론의 관심의 대상"이 된 인물에 대한 탐사 보도라는 명목으로.

소설 속 신문《차이퉁》은 실제로 유럽 전역에 배포되고 있는 타블로이드인《빌트》를 모델로 했다. 커버는 세미누드 포르노이고, 내용은 연예와 가십, 민족주의 극우 성향 정치 기사가 주를 이루는《빌트》는 한창때 일간 발행 부수가 400만 부를 훌쩍 넘을 정도로 영향력이 컸다.("내가 아는 사람들은 하나같이《차이퉁》을 읽는다고요!") 이런 신문이 연일 '단독' '특종' 타이틀을 달고서, "얼음처럼 차고 계산적"인 카타리나의 탐욕과 지저분한 남자 관계를 폭로하면 어떤 결과를 불러올까.

카타리나의 냉혹한 살인 행위는 타고난 사이코패스 성향 탓도 불가피한 환경적 요인 때문도 아니었다. 자기 목적의 실현에만 열중하는 타인들이 우연의 중첩에 불과한 사건을 악용해 나의 생애 전체를 욕보일 때, 그 야비와 모독에 맞서려면 어떻게 해야 하는가. 악의적 기사를 접한 지인들의 냉담, 잃어버린 명예를 되찾을 수단의 부재, 그로 인해 무너져 버린 일상, 그리고 일면식도 없는 사람들이 익명 뒤에 숨어 가하는 폭언과 추행. 이 모두가 합심해 그녀를 폭력의 길로 내몰았다.

충격과 전율 속에서 카타리나의 울분에 공감했던 때로부터 다시 이십 년이 흘렀다. 그러나 지금도 여전히 '알권리'와 '인권' 중 어느 쪽이 우선이어야 하는가를 고민하게 만드는 사건들이 계속 벌어지고 있다. 신념도 사회의식도 투철하지 못한 나는 사안에 따라 마음이 지조 없이 팔랑거린다. 가해자일 땐 선처를 바라고 피해자일 땐 엄벌을 바라는 것이 인지상정이다. 하지만 제삼자인 나는 무엇을 바라야 정녕 옳은 것인가.

◆ ◆ ◆

좋아하지 않는데 계속 읽게 되는 작가가 있다. 그리고 아무리 읽어도 진심으로 좋아지진 않는 작가가 있다. 나에게는 필립 로스가 그런 작가다. 살아생전 "현존하는 가장 위대한 미국 작가"로 손꼽혔던 필립 로스는 퓰리처상, 전미도서상, 전미도서비평가협회상, 펜 포크너 상, 나

보코프 상, 펜 솔 벨로 상 등을 한 번도 아니고 여러 번씩 받은 '거장'이었다. 싫든 좋든 이수해야 하는 전공 필수 과목처럼 문학 독자라면 로스를 건너뛰기 어렵다. 그런데 왜 나는 이 작가의 작품들이 불편한 것인가. 『울분』을 읽다가 어렴풋 그 이유를 알게 되었다.

때는 1950년. 능숙하게 칼을 쓸 줄 알고, 온갖 종류의 피에 익숙하며, 뼈에서 살을 발라내는 일에 무감각한 한 남자가 있다. 그를 이런 사람으로 만든 건 다름 아닌 아버지였다. 잔인한 암살자나 베테랑 특전사에 어울릴 법한 묘사지만, 마커스는 주말마다 푸줏간에서 아버지의 일을 돕는 열일곱 살 소년일 뿐이다. 그는 부모님이 자식을 위해 희생해 온 세월을 헤아릴 줄 아는 효자고, 아버지는 자식이 "삶의 위험에 대비되어 있지 않다는 걱정" 때문에 늘 애가 타는, 사랑이 넘쳐흐르는 부자지간이다.

아버지와 아들은 '다정이 병'이어서 이별하고 만다. 집 근처 대학에 진학한 외동아들이 당구를 치고 놀다가 늦게 들어오자 아버지는 눈이 뒤집히고, 아들은 아버지의 잔소리 폭격에 울부짖으며 "우리 집 뒷문에서 800킬로미터 떨어진 곳"으로 전학을 가 버린다. 마커스는 "아주 조금 잘못 디딘 헛발이 비극적 결말로 이어질 수도 있는 게 인생"이라는 사실을 모를 만큼 젊었다.

필립 로스의 소설에는 낭만적 위안, 인간으로서의 희망, 근거 없는 용기가 없다. 생의 무시무시한 실체를 다짜고짜 눈앞에 들이밀어, 누구도 이와 다를 바 없다는 사실을 똑똑히 보게 한다. 인간적인 것들의 비극을 보여 주는 작가는 많이 있다. 하지만 로스가 특히 더 차갑게 느껴지는 이유는 그 시선의 공평무사함이 가없이 넓고 깊어서 섣부른 좌절조차 허락지 않기 때문이다.

마커스는 한국 전쟁에 파병되자마자 곧 전사한다. 그를 죽음에 이르게 한 것은 '울분'이었다. 사소한 화를 참지 못하고 룸메이트와 싸워서였다. 정치적 종교적 신념이 다른 교수의 비아냥에 욱해 철딱서니 없이 대들어서였다. 그러지만 않았더라면 전 과목 A를 받는 우등생 마커스는 졸업생 대표로 연설을 하고 장차 변호사가 되었을 것이다. 가슴속에 아무리 울분이 휘몰아쳐도 어떻게든 달래고 가라앉혀야 했던 타이밍인데, 퇴학당한 대학생 신분으로 전장에 끌려가는 것을 누구보다 두려워했음에도, 마커스의 분노가 죽음의 공포를 짓눌러 버렸다.

울분이 치솟을 때마다 마커스가 이를 갈며 속으로 불렀던 노래는 "일어서라, 노예가 되고 싶지 않은 자들이여!"로 시작하는 중국 국가인 「의용군 행진곡」이었다. 마커스는 바로 그 중공군의 총검에 살이 저며지고 사지가 잘리는 도륙을 당했다. 풋내기의 순진에 자비를 베풀지 않는 인간성의 옹졸함을 가차 없는 아이러니로 묘파하기에, 사람들은 필립 로스를 대가라 일컫는다.

◆◆◆

세네카의 「화에 대하여」를 읽다가 다음 구절에서 간담이 서늘해졌다. "우리는 작은 서체로 쓰인 책을 집어던지고, 마음에 들지 않는 옷을 잘라내듯이 오자誤字가 많은 책을 찢어 버립니다."◆ 저런! 지금까지 내가 만든 책들의 무수한 오자에 분노하셨을 독자 여러분께 거듭 사과드린다. 이어지는 세네카의 구절로 미력하나마 유감을 전하고 싶다. "우리의 분노를 당할 만한 것들도 아니고 느끼지도 못하는 이것들에 대한 분노는 얼마나 어리석은 일입니까!"

고대 로마의 정치가이자 극작가인 세네카는 이성주의적 금욕주의를 주장한 후기 스토아학파 철학자다. 달리 말하면, 머리로 마음을 다스려 욕망을 절제해야 행복해진

◆   『세네카의 대화 : 인생에 관하여』, 루키우스 안나이우스 세네카, 김남우, 이선주, 임성진 옮김, 까치, 2016

다는 입장이다. 듣자마자 김새는 원론적 권고인데, 이분 참 맞는 말만 얄밉게 잘하신다. 세네카에 기초해 분석해 보면, 울분은 발생 원인에 따라 둘로 나뉜다. 인과관계에 의한 울분과 운명에 따른 울분. 전자는 누군가 저지른 불의의 결과로 나에게 분노가 일어나는 것이고, 후자는 신이나 자연, 팔자 등 가해의 주체는 다르지만 공통적으로 인간이 의지로 바꿀 수 없고 피할 수도 없어서 분노하게 되는 경우다. 전자일 땐 억울하고, 후자면 기구하다.

타인의 행위에서 비롯한 화는 복수심을 일깨운다. 부당한 대우 모욕 비난을 받았다는 판단이 들면 불의를 바로잡고 싶은 집념이 생겨난다. 그래서 인과관계에 따른 울분은 종종 정의감으로 자각된다. 옳지 못한 것은 고쳐야 한다! 세네카는 이런 심정에 대해 다음과 같이 일갈한다. "분노는 처벌을 실행하려는 욕망이지 능력이 아니다. 사람들은 자기가 실행할 수 없는 것도 욕망한다."

네가 진심 화나는 건 알겠는데, 앙갚음할 주제는 되고? 울분이 솟구친다는 건 애초에 너에게 상대를 응징할 만한 힘 자원 능력이 없다는 뜻이니까 분해도 그냥 꾹 참아라. 숫자를 열까지(도저히 못 참겠거든, 그래, 백까지) 세면서 마음을 가라앉히렴. 너도 생각이라는 게 있으면 설치다 죽느니 피하는 게 낫다는 정도는 알겠지.(옳지 못한 것〔부당함〕을 옳지 못한 방법〔복수심〕으로 바로잡는 것은 과연 옳은 일인가 하는 문제도 있고 말이야.)

분기탱천하여 한참 씩씩대다가 아무래도 세네카 선생 말씀이 옳은 것 같아서, 울분이 치솟을 때 시간을 두고 마음을 가라앉히기에 좋은 책이 뭘까 생각해 본다. 인류 최고의 문화유산이자 가장 오래된 문학 작품인 호메로스의 『일리아스』가 바로 떠오른다. 이 웅장한 고대 그리스 서사시는 한 사내의 울분에서 시작해 울분으로 끝나는 전쟁 문학이다.

'약점'을 상징하는 아킬레스건으로 더 널리 알려진 영웅 아킬레우스는 태어나는 순간부터 그렇게 억울할 수가 없었다. 제우스를 능가할 아이라는 신탁 때문에 나자마자 신의 타깃이 된 아들을 보호하려고 엄마인 님프 테티스는 신생아를 스틱스강에 담갔다 꺼내 불사신을 만든다. 하지만 손으로 잡고 있던 발목만은 지하수 코팅이 입혀지지 않는 바람에 결국 발목에 화살을 맞고 죽는다. 이것만 해도 애통하고 절통할 노릇인데, 아킬레우스에게는 서로 양립할 수 없는 신탁이 둘이나 더 있다. 하나, 아킬레우스가 트로이 전투에 참전하면 그는 이국땅에서 비명횡사할 것이다. 둘, 아킬레우스가 트로이 전투에 참전하지 않으면 그리스는 패할 것이다.

어떻게든 자식을 지키고 싶은 엄마는 아들에게 여자 옷을 입히고 외딴섬에 보내 딸로 기른다. 십수 년 후, 마침내 전쟁이 임박해 오자 그리스 전군에 특별 지령이 떨어진다. 아킬레우스를 찾아내 기필코 참전시키라. 이때 "꾀 많은 오디세우스"가 탁월한 지략가의 면모를 발휘한다. 소녀들이 좋아할 장신구와 옷가지를 잔뜩 싸 가지고 이곳저곳 돌아다니며 선물로 꺼내 놓는데, 어느 섬에서 유독 무기류에만 관심을 보이는 우람한 한 처녀가 있어 그가 아킬레우스임을 단박에 알아차린다. 오디세우스의 가슴 뜨거운 호소(그리스의 승리를 위해 목숨 바치는 명예로운 시민의 의무를 다하라.)에 아킬레우스는 담담히 운명을 따른다.

『일리아스』는 그리스 연합군이 트로이 벌판에서 싸운 지 십 년째 되는 해의 오십 일간을 그린다. 시작은 아킬레우스가 연합군 총사령관 아가멤논에게 공개적으로 모욕당하는 장면이다.(포로를 돌려보내는 문제를 놓고 자신과 의견을 달리한 데 마음 상한 아가멤논이 치졸하게도 아킬레우스의 여자를 뺏는다.) 자존심 강한 영웅은 분노하며 참전 거부를 선언한 후 자기네 함선 바닥에 드러눕는다. 여기까지가 인과관계에 따른 울분이다. 그러나 신은 아킬레우스가 싸우길 바란다. 그래야 그가 전장에서 죽을 테니까. 하여, 그리스 군대는 연일 트로이의 공격에 무너지고 병사들은 지푸라기처럼 픽픽 죽어 나간다. 급기야 아킬레우스가 가장 아끼는 부하까지 트로이 왕자의 손에 처참히 죽임을 당하자 화염의 분노를 가누지 못한 장수는 천둥소리를 내며 자리를 박차고 일어선다.

기원전 8세기경 창작되었을 것으로 추정하는 고대의 문학에서 이토록 큰 감동과 경이가 느껴지다니, 인간은 그때나 지금이나 달라진 게 별로 없나 보다. 그렇게 읽고 배워도 자기 마음 하나를 마음대로 하지 못해 쩔쩔매고 있다. 입에 쓴 약처럼 옳은 말만 하셨던 세네카 선생도 마찬가지다. 그는 자신이 가르쳤던 제자인 네로 황제의 손에 형언할 수 없이 잔인하게 처형당했다. 아무리 성심껏 겸양과 절제의 덕을 실천해도 미친놈 잘못 만나 엮이면 말짱 도루묵이다. 그러니까 더더욱 화를 피하면서 조심조심 살라는 가르침인가? 분수에 맞지 않은 노여움은 넣어 두고, 더 큰 후회를 만들지도 말고, 실리적으로 판단해서 가늘고 길게.

맞다. 황제의 선생이 되어 은잔으로 포도주를 마시느니 염소의 주인이 되어 거칠지만 마음 편히 사는 게 낫다. 말하다 보니 이건 또 꽤나 금욕주의적이어서 기분이 언짢아지려 한다. 어쨌거나 분명한 사실은, 시간을 이기는 울분은 드물다는 것, 적절함을 추구하기는 어렵다는 것, 극과 극을 오가는 게 더 쉽다는 것이다. 가슴속에 응어리를 품은 채 이 또한 지나가기를 기다리거나, 내키는 대로 막 살면서 일희일비하거나, 선택은 각자의 몫인데, 극과 극을 자주 오가는 것만큼 건강에 해로운 짓도 없다.

사표 쓰기 전에 읽는 책

『달과 6펜스』
『변신』
『레미제라블』

누구나 인생의 한때에는 입사를 희망한다. 그러나 무릇 회사원이라면 대개 퇴사를 꿈꾸기 마련. 자나 깨나 취업 걱정에 애태우던 때가 엊그젠데, 어렵게 들어가선 벌써 그만둘 궁리냐. 타박이 쏟아지지만, 그게 회사건 화장실이건 들어가기 전과 후의 마음이 같을 수 없는 것 또한 자연의 이치라, 우리는 늘 사표를 쓰고 싶다.

하지만 사표를 쓰고 싶은 마음과 진짜로 사표를 쓰는 것은 다른 얘기다. 생각에는 한계가 없지만 실천은 냉정한 판단과 치밀한 계획을 요한다. 고심 끝에 결단을 내렸는데 예상치 못한 전개에 당황하는 경우도 비일비재다. 그러니 모쪼록 사표 쓰기를 결행하기 전에 몇 권의 책을 읽으며 마음을 가다듬어 보자.

런던 증권 거래소 직원으로 평범한 중산층의 삶을 살

아가던 찰스 스트릭랜드가 어느 날 갑자기 사표를 던지고 잠적했다. 여자와 바람이 나 파리로 달아났다, 처자식에게는 동전 한 닢 남기지 않았고, 가련한 그의 아내는 한순간에 남편을 잃고 돈까지 벌어야 하는 처지가 됐다, 사람들은 그렇게 전해 들었다.

실상은 그게 아니었다. 찰스 아내의 부탁으로 그를 만나러 파리로 간 '나'는 무모한 퇴사자의 기탄없는 고백에 할 말을 잃는다. 애인 따위는 없고, 오래전부터 아내를 전혀 사랑하지 않았다. 그에게는 어릴 적부터 품어 온 꿈이 있었다.

"나는 그림을 그리고 싶소."

"아니, 나이가 사십이 아닙니까?"

"그래서 이제 더 늦출 수가 없다고 생각했던 거요."

"당신 나이에 시작해서 잘될 것 같습니까?"

"열여덟 살 때보다는 더 빨리 배울 수 있소."

"승산 없는 도박을 하자는 것입니까?"

"나는 그려야 해요."

서머싯 몸의 『달과 6펜스』를 퇴사 지망생들의 필독 고전으로 만들어 준 대화 장면이다. 대다수 사람들이 추구하는 삶, 잘 정돈된 행복, 안전하고 확실한 길에서 벗어나 자신이 진짜 원하는 삶을 향해 발걸음을 돌리는 것. 그것은 남들 눈에는 대개 허황돼 보이지만 당사자에게는 언제나 필연이다. 이런 도전은 멋지다.

그렇지만 책을 끝까지 읽은 독자들 중 간혹 부작용을 호소하는 분들도 있다. 쳇, 결국 찰스는 천재였던 거군. 꿈을 위해 감내할 수 있는 궁핍의 최대치는 얼마일까? 아무리 꿈을 좇는대도 이건 너무하잖아! 몇 사람 인생을 파탄 낸 거지? 와, 이 결말 어쩔 거임?

원초적이고 강렬한 예술혼이 주제인 소설이라 범용은 아니지만, 그래도 사표 쓰고 싶을 때 읽으면 자기 마음속 깊은 곳을 솔직하게 비춰 주는 거울이지 않을까.

◆ ◆ ◆

"그레고르 잠자는 어느 날 아침 불안한 꿈에서 깨어났을 때, 자신이 잠자리 속에서 한 마리 흉측한 해충으로 변해 있음을 발견했다." 저 유명한 『변신』의 첫 문장이다. 그 뒤의 이야기는 다음과 같다. 더 이상 일하러 가지 못하게 된 그레고르는 식구들에게 버려지고, 자기 방 안에 유폐된 채 죽어 간다. 그의 죽음이 확실해지는 순간, 부모님과 여동생은 홀가분한 마음으로 나들이를 떠난다.

이 비정한 가족 드라마가 우리에게 말해 주는 바는 무엇인가. 제 밥벌이를 하지 못하는 자는 해충이다. 사사로운 사정이 어떠하든 모름지기 사회의 일원이라면 노동을 해야 한다. 일하지 않는 자, 먹지도 마라. 이렇게만 보면『변신』은 그야말로 최악의 공포 소설이다. 재미도 없으면서 무섭기로는 역대급이다. 그러나 우리는 여기서 한 번쯤 생각해 봐야 한다. 그레고르는 왜 '변신'을 했나?

외판 사원인 그는 식구들 때문에, 정확히는 아버지의 빚 때문에 수년째 눈이 오나 비가 오나 새벽 출근을 해 왔다. 그는 자기 마음속이야 어떤 지경이든 일을 계속해야 하고, 그러려고 부단히 노력한다. 무단결근한 그레고르를 살펴보러 지배인이 집에 찾아왔을 때, 곤충으로 변한 그의 모습을 본 지배인은 의심한다. 도저히 출근은 무리인 거 아닌가. 이에 그레고르는 필사적으로 외친다. 아니에요, 갈 수 있어요, 곧 갑니다, 잠깐만요!

마음의 호소를 너무 오래 외면하면 몸에 병이 생긴다. 그레고르의 변신은 자기 삶의 방식에 대한 몸의 거부다. 맨 정신으로는 도저히 저지를 수 없었던 위반이고 탈선이며 저항이다. 너무도 간절히 사표를 쓰고 싶었던 한 남자는 쇠똥구리가 됨으로써 비로소 꿈을 이룬다. 당신의 소원이 진정 퇴사라면, 어느 날 아침 벌레로 눈 뜨기 전에 사표를 던져라. 지금 당장 자신이 원하는 삶으로 달려가라.

◆◆◆

그러나 뭐니 뭐니 해도 사표 쓰기 전에 읽을 최고의 책이라면 『레미제라블』이다. 이유는, 전 5권에 달하는 방대한 작품이기 때문이다. 무직자가 되면 곧 통장 잔고를 염려하게 될 테니, 아직 월급이 따박따박 들어오고 있을 때 전권을 구비해 둘 필요가 있다.

빵 한 덩이를 훔쳐 십구 년이나 감옥살이를 하게 된 불운한 남자의 이야기로 흔히 알려졌지만, 사실 『레미제라블』은 프랑스 혁명기를 배경으로 한 많은 소설들 가운데 가장 위대한 작품이라고 단언할 수 있다. 워낙 폭넓은 주제를 아우르고 있어 책의 내용을 간략히 설명하기는 불가능하고, 포인트는 이거다. 회사를 때려치우고 싶은 마음이 솟구친다면 결심해 보자. 나는 『레미제라블』을 다 읽은 다음 날 사표를 낸다. 이 책을 못 끝내면 퇴사도 없다! 퇴사를 하려면 이 정도 기개는 가져야…….

2476페이지를 읽어 나가는 동안 당신은 자신의 인생, 사랑, 가족, 미래, 사회, 정치, 경제, 도덕, 법과 정의, 신과 종교를 사유할 충분한, 아주 충분한 시간을 갖게 될 것이다. 그리고 얼어붙은 심장을 깨부수는 대포와 같은 문장들을 부단히 마주하게 될 것이다.

> 혁명이란 무엇인가를 이해하고 싶다면 그것을 '진보'라고 불러 보라. 그리고 만약 진보란 무엇인가를 이해하고 싶다면 그것을 '내일'이라고 불러 보라. '내일'은 억제할 수 없게 자신의 일을 하는데, 그 일을 바로 오늘부터 한다.

『레미제라블』의 마지막 페이지를 덮는 순간, 당신은 오늘을 더 뜨겁게 살기로 결심하고 사직서에 서명을 할 것이다. 또는 내 삶의 혁명기가 아직은 도래하지 않았음을 깨달아 조용히 사표를 찢어 버리고 출근 준비를 하게 될 것이다. 어느 쪽이든 후회는 없을 것이다.

통장 잔고가 바닥이라면

『마담 보바리』
『죄와 벌』

통장 잔고를 수학식으로 나타내면 다음과 같다.

$$\sum_{n=1}^{\infty} a_n = a_1 + a_2 + a_3 + \cdots + a_n \cdots = 0 \blacklozenge$$

현실은 수학보다 까다롭다. 통장 잔고는 0에 가까워지면 음의 수로 돌변하는 특이점singularity이 있다. 카드론, 담보 대출, 신용 대출, 마이너스 통장. 빚의 블랙홀이 생성되는 것이다.

동서고금을 막론하고 통장 잔고를 붕괴시키는 주요인은 둘이다. 봄가을엔 한강 공원에서 만나 집에서 싸 온 밥과 반찬을 나눠 먹고, 한여름 한겨울엔 구립 도서관에

◆　각 항의 합은 무한히 0으로 수렴한다.

서 데이트하다 각자 집으로 돌아가는 연애. 가능한가? 중학교까진 무상 의무 교육이니 다니게 해 주지만 차비와 용돈은 알바로 벌어 쓰고, 졸업하면 빨리 아무 데나 취업하라는 부모? 연을 끊고 싶다.

사랑과 교육은 돈이 든다. 보건복지부가 정하는 최저 생계비는 2015년부터 절대 빈곤이 아닌 중위소득 기준으로 바뀌었지만 교양오락비와 교육비 항목에 커플링 비용이나 대학 등록금은 반영되지 않는다. 열렬한 사랑과 전문적 교육에는 가욋돈이 든다.

엠마 보바리는 바람둥이 애인에게 매력을 잃지 않으려고 남편 몰래 빚을 내 몸치장을 하고 내연남에게 비싼 선물을 사 바친다. 바람둥이는 엠마가 적당히 즐기기 쉬운 유부녀라 좋았는데 너무 정색하고 들러붙자 화들짝 놀라 달아난다. 엠마의 외도가 쓰라린 상처와 공허감 정도로 마무리되었다면 보바리 부부는 파국을 면할 수 있었겠지만, 그러기엔 엠마는 남편 샤를이 너무 싫고 샤를은 엠마를 너무 모른다. 새로운 연애를 시작한 엠마는 호텔비까지 전액 부담하면서 불륜을 이어 간다. 어리고 잘생긴 사회 초년생은 '밥 잘 사 주는 예쁜 누나'를 마다할 이유가 없다. 돈 없이 연애하기도 어렵지만 돈 없이 바람피우기는 훨씬 어렵다.

『마담 보바리』는 욕망의 내면을 정밀하게 묘사한 탁월한 연애 소설이지만, 금융과 소비 심리에 관한 준엄한 가르침을 주는 경제 소설이기도 하다. 빚을 기반으로 유지되는 엠마의 연애는 악순환의 롤러코스터다. 빚은 합리적 사고를 마비시켜 욕망에 더 쉽게 굴복하게 만들고, 욕망은 충동적 소비를 낳는다. 능력을 초과하는 소비는 머지않은 미래를 빚의 흑막으로 덮는다.

핵심은 이거다. 잃어버린 심장은 결코 돈으로 메워지지 않는다는 것. 분명 오늘 월급을 받았는데 다음 월급날이 손꼽아 기다려진다면, 장바구니에 찜해 둔 쇼핑 목록을 전체 삭제하고 『마담 보바리』를 읽어라. 빚은 자기 힘으로 꾸려 갈 수 있는 조촐한 삶마저 제 손으로 우그러뜨리게 한다. 남자든 여자든 물건이든 사람이든 아무리 좋아도 결제는 정신 차리고 해라. 변심한 연인의 마음을 되돌리기보다 어려운 게 사라진 돈을 되찾는 일이다.

◆ ◆ ◆

부잣집 천장은 높고 가난한 집 천장은 낮다. 천장이 2층 높이인 대저택의 메인 홀, 초호화 펜트하우스의 복층

구조 거실, 필요를 넘어서는 공간의 낭비는 단순하지만 강력한 부의 과시 수단이다. 왜냐하면 인간은 이제 농경 시대도 봉건 시대도 벗어나 인공지능 시대를 살고 있지만, 여전히 지독하게 물리적이고 물질적인 존재기 때문이다. 상속 가능한 사유지를 가리키는 개념인 자산estate은 변동성 있는 재산property보다 우위에 있으며, 공간을 마음대로 소유하고 처분할 수 있는 능력은 영원히 한정적이다. 높은 천장은 그 아래에 있는 인간을 더 자유롭게 한다.

가난한 법대생 라스콜리니코프(로쟈)의 하숙방은 '관'처럼 생겼다. 너무 좁아서 방 안에 세 사람 이상 있으면 모두가 동시에 움직여야 한다. 성인 남자가 드나들 때는 몸을 수그려야 머리가 천장에 부딪히지 않는다. 『죄와 벌』의 주인공 로쟈는 출중한 외모와 명민한 두뇌를 지닌 스물다섯 살 청년이지만, 고향에 계신 어머니와 여동생이 온갖 수모를 감내하여 겨우 모아 보내 주는 적은 돈으로 꾸려 가는 서울[페테르부르크]의 삶은 고단하기만 하다. 아무와도 어울리지 않고 학교와 하숙방만 오가는 일상인데, 설상가상 과외 선생 자리마저 끊긴다. "우리 아들, 집안의 희망" 로쟈는 절망한다.

학자금을 내지 못해 학업은 중단되었고, 가진 책이며 가재도구들도 모두 팔아 썼다. 여동생이 선물한 반지와 아버지의 은시계마저 전당포에 잡혔지만 되찾아 올 가망은 없다. 더 이상 초를 살 돈도 빵을 살 돈도 없게 되자 로쟈는 캄캄한 관/방 안에서 먹지도 마시지도 않고 몇 날 며칠 누워서 줄기차게 '생각'이라는 것을 한다.

해로운 이(蝨)에 불과한 전당포 노파의 서랍 속에 쌓여 있는 돈은 종잇장에 불과하지만, 장래가 촉망되는 대학생에게 쓰인다면 이 사회에 유익하다. 나폴레옹처럼 뛰어난 인물은 살인할 '권리'를 가진다. 시대의 변화와 진보는 주저 없이 처단을 감행한 혁명가들을 통해 이루어져 왔다. 고로 나에게는 전당포 노파를 살해할 정당성이 있다……. 극한의 고립과 궁핍이 오래 지속되면, 물질로 이루어진 인간은 파괴된다.

어릴 적에 『죄와 벌』을 읽었을 때는 라스콜리니코프가 자수하는 것이 '양심' 때문이라고 생각했다. 그런데 어지간히 세상살이라는 것을 해 보니 그게 아닐지도 모르겠다는 생각이 든다. 욕정과 돈이 생명력의 원천인 부유한 지주 스비드리가일로프는 돈으로 로쟈의 아름다운 여동생을 차지하려 하고, 로쟈의 범죄를 약점으로 잡아 오누이를 좌지우지하려 한다. 관 같은 하숙방에서 질식사해 가는 로쟈에게 지주는 여동생과 맞바꿀 만큼의 거금을 흔들어 보이며 이렇게 말한다. "모든 사람에겐 맑은 공기가 필요하지, 맑은 공기가……. 다른 어떤 것보다도!"

라스콜리니코프는 시베리아 유형지에서 비로소 자신이 저지른 죄의 비루함을 각성한다. 사람들은 그의 살인이 비정상적인 정신 상태에서 벌어진 실수라고 믿지만, 그는 자기가 그저 "돈을 훔치기 위해" 노파를 죽였음을 인정한다. "그는 항상 무언가 더 큰 것을 원했다." 빨리 가난에서 벗어나 출세하고 싶었다. 그 갈망이 지독한 가난과 맞부딪히면 누구에게든 죄가 생겨날 수 있다. 비록 기아에 허덕이다 살인자가 되었지만, 또다시 징그러운 돈에 굴복해 천륜을 짓밟는 악인은 되지 않으려고 로쟈는 자수했던 것이다.

나에게 가장 소중한 '공기'는 무엇일까. 그것이 돈이라는 생각은 흔하지만 절대는 아니다. 누군가에게 그것은 사랑이고 누군가에게는 가족이며 또 어떤 이에게는 정의일 수 있다. 무엇이 됐든 '일약一躍'을 꿈꾸지만 않는다면, 착실히 지켜 내며 하루하루 살아갈 수 있다. 그 방법밖에 없다.

왜 나만 이렇게 되는 일이 없는가

『태평천하』
『이름 없는 주드』
『다섯째 아이』

남부러울 것 하나 없어 보이는 지인이 찾아와 남부럽다는 얘기를 반나절이나 늘어놓다 갔다. 장탄식의 요지는 '왜 이렇게 되는 일이 없나'였다. 돈, 애정, 커리어, 명성, 건강, 가족까지 인생의 모든 영역이 두루두루 뜻대로 되지 않아 속상하댔다. 하긴, 인생이라는 게 누구에게든 만만하진 않으니까. 이미 갖고 있는 것보단 아직 없는 것들이 더 좋아 보이기 마련이고. 겉으로는 멀쩡해도 저마다 나름의 답답한 속사정은 있는 거지. 이렇게 너그럽게 생각이 되질 않고 자꾸만 심사가 꼬이는 이유는 왜일까.

결과만 놓고 보자면 나야말로 내세우거나 자랑할 만한 일을 해낸 게 없다. 누구의 기대에도 못 미치는 어른이 되었고, 더 나아질 가능성도 시간도 점점 줄어들고 있다. 요즘은 나에게 없는 것들이 얼마나 많은지를 매일 깨달으며 살아가는 중이다. 그런데도 한탄이나 후회의 마음이 들지 않는다. 뻔뻔함은 노화에 수반하는 부정적 방어 기제인 모양이다. 그냥 둔한 건 아니고?(혼잣말.)

아침마다 욕설과 고함이 가사의 대부분인 갱스터 랩을 들으며 출근하던 시절에는 내일 당장 세상이 망해도 아쉬울 것 하나 없다고 생각했다. "이놈의 세상이 어느 날에 망하려느냐!" 악쓰는 윤직원◆ 영감의 심정을 알 것 같았다. 만석꾼 자린고비 윤두섭의 불행을 조곤조곤한 경어체로 냉소하는 채만식의 『태평천하』는 한국 근대 소설의 명작이자 입시에도 자주 출제되는 고교 필독서. 반어, 역설, 은유, 비유 등 다채로운 수사법과 토속적인 표현이 풍부히 쓰여서 알쏭달쏭한 구절이 많다 보니, 은근히 어려운 문제를 내고자 할 때 종종 인용된다.

1930년대 일제 강점기에 경성 한복판에 살면서 시골에는 논 3000석을 굴리고 돈놀이도 착실히 해 연 13만 원을 벌어들이는 윤 영감은 부자의 정석을 살고 있다. 기필코 잘살고야 말겠다는 의지. 내 돈은 1원도 아까우므로 남의 수고가 아무리 헐값이어도 한 번 더 깎고 주는 습관.

◆　'직원(直員)'은 일제 강점기에 향교와 서당에서 친일 교육을 맡아 하던 사람을 가리키는데, 윤 영감은 이를 자랑스러워 하여 제 이름 대신 '윤직원'으로 불리고자 한다.

지금의 부를 이루는 데 들어간 노력과 희생만큼 누릴 권리도 오직 내 것이라는 확신. 우선은 나만, 그다음은 우리 가족만 잘되면 그게 바로 태평천하라는 믿음.

부자는 망해도 삼대가 먹고산다는 말이 있다. 그러니 개천에서 용 나기가 그렇게나 어려운 거다. 타고난 환경을 바꾸는 건 쉽지 않다. 미천한 신분의 윤직원 영감이 아들 손자 들에게 이름난 양반집 규수들을 배필로 얻어 줄 만큼 부유해지기까지, 그에게도 피 묻은 사연은 있었다. "오냐, 우리만 빼고 어서 망해라!" 『태평천하』를 대표하는 이 명대사는 그 피로부터 뿜어져 나온 독한 다짐이었다.

하지만 우리에겐 각자의 출신이나 배경보다 더 넓은 의미의 환경이 있다. 어떤 시대, 국가, 사회, 제도와 문명 속에 살고 있는가. 이런 것들은 삼대가 일생을 바쳐도 바꾸기 힘들다. 나 혼자 아무리 애써도 우리를 둘러싼 세계가 바뀌지 않는다면 일개인의 최선이란 해변에 내려앉은 아침 안개만큼이나 부질없다. 윤직원은 자기가 살고 있는 시대의 문제에 일말의 관심도 없다. 나에게 손해고 힘들면 망해야 할 세상이고, 내가 살기 편하고 이로우면 좋은 시절이다. 그런데 그 시대가 그의 손자에게 화살을 꽂는다. 그렇게 악착같이 이기적으로 살았음에도 시대의 불운을 피할 수는 없었던 것이다.

윤직원의 좌절을 보면 통쾌함과 착잡함이 교차한다. 불행에 빠진 사람이 자기보다 더 불행한 사람을 보면서 위로받는 마음은 인간적이다. 하지만 나의 불운한 처지에 다른 누군가 안도하고 있다면, 그때도 인간적이라고 여겨 줄 수 있을까. 자신의 불행에만 골몰하면 스스로에게나 타인에게 위험한 사람이 되고, 자신의 행복에만 골몰하는 사람은 부도덕을 부끄러워하지 않게 된다. 사회를 이뤄 살아가는 존재인 한, 우리에게는 서로 들키지도 드러내지도 말아야 할 인간성의 그늘이라는 게 있다.

◆ ◆ ◆

도리스 레싱의 『다섯째 아이』는 임신부와 미혼 여성에게는 특히 권하지 않는 소설이다. 인간 심리의 어두운 측면을 양육과 연결시킨 내용이 충격과 공포를 자아내는데, 그 강도가 어마어마해서 사람에 따라서는 감당하기 어려울 수 있다. 그럼에도 인생이 시시하게 느껴지거나 자신의 운이 너무 하찮다는 불만족에 시달린다면 이 책을 한 번쯤 읽어 봐도 좋겠다. 왜냐하면 불운의 본질을 사색하기에 이보다 더 적절한 소설도 없기 때문이다.

때는 1960년대, 히피와 자유연애의 시절이다. 고리 타분한 구시대 관습에서 벗어난 청춘 남녀는 해방을 만끽 한다. 하지만 해리엇과 데이비드는 세상의 흐름에 휩쓸리 고 싶지 않은 "까다로운" 타입들이다. 두 사람은 런던의 건축 회사 연말 파티에서 처음 만났다. 흥청망청하는 분 위기에 섞이지 못한 채 벽지처럼 가만히 구석에 붙어 있 던 그들은 상대를 발견하자마자 같은 종류의 인간임을 알 아챈다.

그들은 "각자의 코너에서 서로를 향해 동시에 움직 였다". "가정생활이 행복한 인생의 기본"이라는 고전적 가치관을 고수했기에 두 사람은 지금껏 은연중에 따돌림 을 당해 왔고, 이성을 사귈 기회도 거의 없었다. 그런데 마 침내 자신과 똑같은 생각을 가진 상대를 만난 것이다. 그 들은 곧 결혼하고, 런던 근교에 빅토리아풍 대저택을 사 들여 아이들을 연년생으로 낳고 화목하게 살아간다.

해리엇과 데이비드는 완벽한 가족의 표본을 보여 준 다. 이혼과 재혼, 사별로 뿔뿔이 흩어졌던 부모도, 장애아 를 키우며 불행에 찌들었던 자매도, 비혼을 선언하고 분 방한 생활을 즐기던 남매도 이제는 여름휴가와 크리스마 스 시즌이면 사랑스러운 아이들의 웃음소리와 따뜻한 빵 냄새 가득한 아름다운 저택에 모이기 시작한다. 해리엇과 데이비드는 승리자가 되었다. "그들은 번져 나오는 미소를 억누를 수 없었다. 다른 사람들이 자신들의 그런 미소를 보고 화를 낼 것 같아 반쯤 죄책감을 느끼며 그들은 얼른 눈짓을 주고받았다."

모든 사람이 자기 시대의 주류 가치관을 따를 필요는 없다. 법과 제도가 허용하는 범위 안에서 자기 삶의 방식을 선택할 자유는 누구에게나 있다. 결혼하기 싫고 아이 낳기 싫어한다고 비난받을 이유가 없고, 결혼과 자녀와 안정된 가정을 추구한다고 조롱당할 이유도 없다. 하지만 이 부부의 성취감에는 못된 구석이 있다.

젊은 신혼부부가 그렇게 큰 집을 구입할 돈이 있을 리 없다. 주택 자금은 데이비드가 싫어하는 그의 아버지, 더 정확히는 부자인 새어머니에게서 왔다. 데이비드는 그들에게 신세 지게 된 걸 '언짢아 하면서' 결혼 선물로 거금을 '받는다'. 그리고 자식에게 훌륭한 가정을 선사하기 위해 불행한 결혼 생활을 참지 않은 부모에게 모범을 보이겠노라 다짐한다.

한편, 남편이 출근하면 하루 종일 무거운 몸으로 신생아를 돌보느라 쩔쩔매던 해리엇은 평생 과부로 고생하며 세 딸을 길러 낸 친정 엄마를 집에 들여앉힌다. 육아와 살림살이를 능숙하게 해 주는 엄마 덕에 숨통이 트이자 여유를 되찾은 해리엇은 계속해서 아이를 낳는다. 6년 사이 부부의 아이는 넷이 된다.

　노년에 떠맡게 된 육아와 가사 노동에 지친 친정 엄마가 제발 임신 좀 그만하라고 타박하자 해리엇은 태연하게 대꾸한다. 아이 넷이 뭐가 많으냐고, 일고여덟 낳는 여자들도 많다고. "애는 가질 수 있을 때 가져야 해요." 이기적이고 해맑은 해리엇에겐 누구보다 든든한 '내 편'인 남편이 있다. 데이비드는 아이를 낳아 기르는 데 따르는 책임에 대해 조언하는, "자식을 두고 이혼한" 자기 엄마에게 싸늘하게 말한다. "어머니에게는 모성애가 없어요. 그러나 해리엇에겐 있어요."

　해리엇과 데이비드가 이룩한 가정은 어릴 적 그들에게 결여되었던 영국 상류층 삶의 모사품이다. 진정으로 귀족적이고 존경받을 만한 부모, 자녀들과 손자 손녀 일가친척까지 모두 모여 멋진 디너를 즐기는 근사한 가풍, 토끼 새끼처럼 많은 아이들을 아무런 걱정 없이 사립 학교에 보낼 수 있는 풍요로움. 그들은 깨어지지 않는 이상향을 완성하기 위해 타인들의 돈 시간 에너지를 갈아 넣고 있으면서 그 사실을 인정하지도, 충분히 감사하지도 않는다.

　해리엇과 데이비드의 독선은 남들이 실패한 일을 자

신들은 해냈다는 오만과 소유를 향한 맹렬한 욕구의 화합물이다. 그래서 부부는 다섯째 아이를 낳는다. 모든 걸 망가뜨리기 위해 태어난 괴물, 다섯째 아이 벤의 출생 이후 이야기는 많은 논쟁의 주제를 담고 있어 섣불리 입에 올리지 못하겠다. 하지만 이 무서운 이야기를 끝까지 읽고 나면 '기회'라는 것을 다시 생각하게 된다.

인생에는 세 번의 기회가 있다는 말을 흔히들 한다. 성공은 그 세 번의 기회가 왔을 때 놓치지 않고 잡을 준비가 돼 있는 사람의 것이며, 만일 기회가 한 번도 없었다고 생각된다면 그건 당신이 기회를 알아보지 못하고 지나쳐 버렸기 때문이라는 이야기. 인생을 바꿀 기회에 관한 널리 알려진 신화다.

이것이 사실이라면 이 세상 사람들 대부분은 실패자다. 인생이 너무 쉽고, 일평생 탄탄대로고, 만사가 뜻대로 술술 풀린다는 사람을 아직까지 아무도 만나 보지 못해서 하는 말이다. 우리는 다들 노력도 부족하고 능력도 부족하고 눈치도 부족한 루저들이다. 나는 아직 인생의 절반밖에 안 살았지만, 그런 기회 신화에 동의하지 못하겠다. 그보다는 이렇게 생각하는 게 이치에 맞고 현실에도 더 부합하지 않을까.

인생에 기회는 셀 수 없이 많은데, 다만 그런 기회들

이 내가 바라고 원한 만큼 멋진 인생을 안겨 주는 기적이 아닐 뿐이다. 또는 엄청난 기회란 내가 대단히 불행해질 수도 있는 어떤 일을 피할 행운일지 모른다. 전자의 경우라면 기회를 날려 버린 것이 덜 아까워서 속 편해지고, 후자라면 기회를 알아차리지도 못하고 지나간 것이 다행이고 고맙겠다.

◆ ◆ ◆

하는 일마다 안 되는 지지리도 복 없는 인간이라면 '주드 폴리'를 빼놓을 수 없다. 19세기 영국 소설가 토머스 하디의 『이름 없는 주드』에 나오는 주인공인데, 이름이 없다면서 이름이 주드라니 의아할 수 있다. 원제는 *Jude the Obscure*로, 세상에 자기 이름 석 자 남기지 못하고 일생을 '아무개'로 살다 간 주드라는 뜻을 담고 있다. 주드의 팔자가 어찌나 박복하던지, 예전에는 이 작품의 제목을 '비운의 주드'라고 번역하곤 했다.

절망의 고통은 야망의 크기에 비례하는 편이지만, 주드가 품었던 꿈이라는 것은 원대함과는 거리가 멀었다. 어릴 적에 부모를 모두 잃은 고아로 친척 집에서 더부살이하며 동전푼이나 겨우 벌던 주드는 대도시 크리스트민스터에 가서 석공 일을 하며 독학으로라도 공부해 대학생이 되고 싶었다. 신분은 천해도 배우고 싶은 열망만은 드높았다는 점이 그의 유일한 남다름이었다. 하지만 대학들은 그에게 주제 파악하고 분수에 맞게 살라는 냉혹한 답변을 고상하게 돌려 말한다. "귀하의 편지 내용으로 판단하건대, 귀하는 다른 일을 하는 것보다 석공으로서 귀하의 환경에 충실함으로써 더 많은 성공의 기회를 가지게 되리라고 판단합니다."

소중한 꿈이 무참히 깨어진 후에도 그는 인생의 매굽이마다 누군가에게 옷자락을 붙들리고 발목을 잡혀, 바라던 그 무엇도 이루지 못한 채로 죽는다. 주드의 비운은 여자를 잘못 만난 탓이 가장 크다. 이 말을 듣고 괜히 발끈하실 필요는 없다. 작가 토머스 하디는 남자를 잘못 만나 인생 망친 여자 '테스'가 주인공인 소설로 훨씬 더 유명하니까.

테스와 주드의 공통점은 잘난 부모, 든든한 뒷배, 물려받은 유산이 없는 일개 평민이 자기 시대의 관습에 저항했다는 것이다. 하디는 『테스』와 『이름 없는 주드』를 통해 결혼과 신분이라는 제도가 삶의 방식을 스스로 선택하고 책임지며 살아가려는 남녀들을 얼마나 처절한 불행으로 몰아넣는지를 넌더리가 날 정도로 차근차근 보여 준다. 덕분에 하디는 당시 온 영국인들로부터 어마어마하게 욕을 먹었고 그 충격으로 더 이상 소설을 쓰지 못하게 됐다.

그로부터 백 년 뒤의 사람인 나는 『이름 없는 주드』를 읽다 보면 저절로 겸손해진다. 내가 노력하지 않아도 이미 주어져 누리는 것들이 얼마나 많은지! 비교적 균등한 교육 기회, 비교적 평등한 신분, 비교적 자유로운 연애, 그리고 비교적 관대해진 이혼 같은 것들. 지금 시대에 태어나 살게 된 것만으로도 내 평생 운의 절반은 쓴 것 같다. 하지만 우리는 알고 있다. 이 모든 게 더 나아질 수 있다는 것을. 그걸 이뤄 내는 게 우리 손에 달렸다는 것을. 나만 혼자 잘되길, 내 인생만 훨씬 좋아지길 바란다면 각자의 운들은 서로 부딪히고 상쇄돼 소멸해 버릴 것이다. 그러느니 차라리 내 운이 조금이나마 쓸모 있어지기를, 누군가를 한 번 더 미소 짓게 하고 슬픔을 덜어 주는 데 도움 되기를 바라는 쪽을 택하겠다.

용기가 필요합니까─세 가지 용기에 관하여

『모두 다 예쁜 말들』
『폭풍의 한가운데』
『우울과 몽상』

1단계─달아나지 않을 용기

"그는 아버지가 예전에 했던 말을 되새겼다. 겁에 질려서는 돈을 벌 수 없고, 걱정에 눌려서는 사랑을 할 수 없다." 이 말을 한 소년의 아버지는 가난했고, 아내에게 이혼당했으며, 병들어 어딘가에서 홀로 죽었다.

텍사스 샌엔젤로의 목장에서 태어난 존 그래디 콜은 말을 사랑하는 소년이었다. 카우보이로 살아가는 것이 그가 아는 유일한 삶의 방식이었다. 그러나 어머니는 이혼과 동시에 외할아버지가 물려준 목장을 팔고 도시로 나가겠다 했다. 존은 자기 혼자서도 얼마든지 목장을 꾸려 갈 수 있다고 어머니를 설득하려 했지만, 연극배우로 살겠다는 어머니의 결심을 알았을 때는 이미 모든 게 결정된 후였다.

이제 세상에 그의 집은 없어졌다. 자기 말을 남의 목장에 넘기고 도시에서 걸어서 학교를 다니는 건 카우보이가 아니다. 그래서 열여섯 살 존은 자기 말 레드보에 올라타 길을 나섰다. 불알친구 롤린스가 소년의 가출에 동행이 돼 주었다. 둘이어서 조금 덜 겁났지만, 혼자였대도 카우보이는 떠났을 것이다. 그렇게 두 소년은 도둑과 사기꾼과 부패한 경찰과 살인마와 갱단이 판치는 현실 속으로 힘차게 달려갔다.

감당할 수 없어 보이는 일을 눈앞에 두었을 때. 당장 등을 돌려 도망치고 싶어질 때. 마음이 자꾸 아래로 떨어져 내릴 때는 코맥 매카시의 소설을 읽는다. 진짜 고통, 진짜 죽음, 진짜 이별, 진짜 투쟁만이 있는 세상을 헤매다 보면, 각종 전자 기기로 둘러싸여 기름지고 부들부들해진 도시인의 두려움이 가상 현실처럼 시시하게 느껴진다.

세상에 힘든 게 너뿐인 줄 아냐. 사람 사는 데가 어디나 다 똑같지. 이런 따위 흔한 질책도 통하지 않는 혹독한 세계가 어딘가에 분명 있다. 그곳에서는 오래 망설이면 안 된다. 앞에서 누군가 총을 세워 들고 나를 향해 질주해 오는데, 돌아서서 뛰어 봤자 피할 수 없다. 그런 땐 두 눈부릅뜨고 마주 오는 적에게 한 방이라도 쏘아야 한다.

> **겁쟁이가 가장 먼저 버리는 것은 바로 자기 자신이고, 자기
> 자신을 버리게 되면 남들을 배신하는 것도 쉬워지지.**
>
> —『모두 다 예쁜 말들』

코맥 매카시를 처음 본 것은 2007년 오프라 윈프리 쇼에서였다. 당시 그는 일흔네 살의 노인이었는데, 평생을 은둔자로 살아온 소설가가 생애 최초로 텔레비전 인터뷰에 응한 것이 큰 화제였다. 내가 대학 시절부터 존경해 마지않은 비평가 해럴드 블룸은 일찍이 미국을 대표하는 현대 소설가 4인 중 한 사람으로 코맥 매카시를 꼽았지만, 한국에는 그의 작품이 번역되어 나온 적이 없었기에 그저 이름만 들어본 미지의 작가였다.

매카시와 오프라의 대담은 여러모로 놀라움을 안겨 주었다. 가장 충격적이었던 것은 흑인이자 여성으로 미국 최고의 방송 진행자가 된 입지전적 인물 오프라 윈프리의 밑천이 훤히 드러나는 질문 수준이었고, 가장 인상 깊었던 점은 거들먹거리는 쇼 비즈니스를 몇 마디 말만으로 살포시 으깨 버리는 매카시의 태연함이었다.(그래서인지 차라리 안 하는 게 더 좋았을 최악의 인터뷰라는 혹평도 있었다.)

매카시의 일생은 노숙자에 가까울 만큼 궁핍한 때가 대부분이었다. 일정한 주거지가 없다 보니 월 5달러(!)짜리 모텔에서 한 달씩 살기도 하고, 치약이 없어서 남의 집 우체통에 든 전단지의 샘플 치약을 훔쳐 이를 닦기도 했다. 아내와 아이를 데리고 숲속에서 야영을 한 날도 허다했다. 그나마도 그가 사는 텍사스와 뉴멕시코 지역이 사막 기후여서 가능했던 일이다. 작가는 이런 이야기를 마치 '요즘 흰머리가 좀 늘었지'라거나 '새끼발가락에 티눈이 있어'라고 하듯 무심하게 했다. 그는 인터뷰 내내 거의 다정하게 느껴질 지경으로 은은한 미소를 띤 채 속삭였다.

1965년, 『과수원지기』로 포크너 상을 수상하며 데뷔한 매카시는 발표하는 작품마다 언론과 평단의 극찬을 받았고, 상복도 많은 편이었다. 하지만 《뉴욕타임스》에 따르면, 1992년까지 매카시의 작품 중에 5000부 이상 팔린 소설이 하나도 없었다. 미국인에게조차 매카시는 대중성과 거리가 멀었다. 당연히 그의 소설 판권을 사겠다는 해외 출판사도 없었다. 지옥도를 연상케 하는 묵시록적 종말 소설 『로드』가 2006년 퓰리처상을 받으며 시쳇말로 '대박'이 나는 바람에, 갑자기 그의 작품들이 한국에서까지 우르르 쏟아져 나온 게 2008년이었다.

그의 소설은 미국이라는 나라를 특징짓는 가장 중요

한 한 부분을 다루지만, 외부에는 거의 알려져 있지 않은 세계를 배경으로 한다. 그곳에는 쫓기거나 부랑하는 신세로 미국-멕시코 국경을 무시로 넘어 다니는 탈주자들, 사회의 바깥에서 흔적 없이 살아가는 단독자들, 자기 방식을 고수하며 남에게는 털끝 하나 기대지 않는 외골수들이 있다. 이들의 사전에서 '총'은 '독립'과 동의어고, '말馬'은 '자유'의 다른 이름이다. 아무도 누구에게도 무릎을 꿇지 않으며, 설령 그것이 죽음을 향해 곧장 뻗어 있는 하이웨이일지라도, 영양이 달리고 토끼는 뜀뛰고 하이에나는 추격하듯이, 광활한 사막의 인간들은 자기 앞의 외길을 타가닥타가닥 달려간다.

매카시는 자신이 보거나 겪은 일이 아니면 쓰지 않는다고 했는데, 그 말을 생각하며 소설을 다시 읽어 보면 섬뜩하기까지 하다. 이런 세상에서 범죄자나 시체가 되지 않고 술 한 방울 입에 대지 않는 작가로 살 수 있는 사람은 절대 평범한 인간이 아니다. 그는 글을 쓰는 데 방해가 되는 어떠한 일도 하지 않으리라 결심한 후로 극도의 궁핍 속에서도 날품팔이 일조차 하지 않았다. 인터뷰나 칼럼 쓰기처럼 손쉬운 일거리는 물론, 회당 2000달러를 제시한 강연조차 모조리 거절했다. 그가 이기적인 남편이나 무자비한 아버지였을까. 그래서 세 번을 결혼하고 세 번을 이혼했을까. 그의 전처들이나 자식들이 그를 원망하고 있을까. 모를 일이다. 어쨌거나 그가 빚을 진 적도 폐를 끼친 적도 없는 남이라면 상관 말고 조용히 지나가는 게 좋을 것이다.

오프라 윈프리 쇼 이전에 유일하게 응했던《뉴욕타임스》와의 인터뷰에서 매카시는 이런 말을 했다. "우리는 그것들이 얼마나 위험한지 모른다. 아직 놈에게 물려 본 적이 없으니까. 그저 당신이 살아남지 못하리라고 짐작할 뿐이다." 물론 이것은 모하비방울뱀에 관한 이야기였지만, 단 한 조각의 센티멘털도 없는 현실의 삶에 관한 은유이기도 하다. 그래서 매카시의 소설들은 심장마비가 올 것처럼 조마조마하고, 비정하다 못해 전율을 자아낸다.

그러나 제아무리 무자비한 야생에도 탄식을 자아내는 아름다움은 있다. 암흑의 지구 위로 쏟아지는 유성우처럼 황홀한 문장들을 소설 속에서 만날 때, 생각하게 된다. 용기란 이런 것이 아닌가 하고. 따뜻한 피가 흐르는 말들을 예뻐하는 마음. 언젠가는 식어질 것을 알면서도 그 온기를 지켜 주려고 애쓰는 마음.

2단계—낙천성을 북돋우는 용기

1953년 노벨 문학상 수상 작가 윈스턴 처칠의 대표작은 국내에 완역본이 출간된 적이 없다. 원본의 5분의 1 분량에 불과한 발췌본이 1470쪽짜리 전 2권으로 나와 있는데, 이마저도 이 분야에 남달리 관심 있는 전문가가 아니라면 평생 읽을 일은 없을 것이다.

그 어마무시한 책의 제목은 『제2차 세계대전』. 1940년 5월 10일 독일이 벨기에, 프랑스, 룩셈부르크, 네덜란드에 이르는 서부 전선을 일제 공격하며 2차 대전의 포화를 쏘아 올리자 전시 내각의 총리로 지명된 처칠은 "나는 여러분에게 피, 수고, 눈물과 땀밖에는 드릴 것이 없습니다."라는 연설로 총리직을 수락한다. 기필코 승리를 이끌어내야 했던 대전쟁의 전 과정이 고스란히 담긴 이 책은 적의 포탄 세례 속에서도 작전 문서를 지키기 위해 몸을 날릴 정도로 집요하고 성실했던 역사 기록자 처칠이 남긴 문화유산이다.

이 밖에도 처칠은 소설 자서전 산문집 등 다양한 장르의 글쓰기에 도전했는데, 그중 하나가 『폭풍의 한가운데』다. 빅토리아 시대 소설을 패러디한 듯 드라마틱한 제목을 붙였지만, 원제는 아주 소박하다. *Thoughts and*

Adventures, 생각들과 모험들. 1차 대전을 겪고 난 후인 1932년에 출간한 산문집으로, 정치인이 쓸 수 있는 소소한 이야기들이 담겨 있다. 가령 이런 것들.

(자신을 우스갯거리로 만드는 시사 만화가들에게.) "모두 잘들 가시게나, 근엄한 자와 명랑한 자, 친절한 자와 앙심 깊은 자, 진실한 자와 호도하는 자 들이여. 문명화된 인류에게는 선의와 이해라는 위대한 물결이 있으니, 파도에게 만세를!"

(나이 마흔이 넘어서 난생처음 그림을 그려 보려고 캔버스를 마주했을 때.) "나는 아주 조심스럽게, 제일 가느다란 붓으로 팔레트에 파란 물감을 조금 갠 다음, 한없는 신중함을 기울여 순백의 방패 위에 콩알만 한 점을 찍었다."

(아침부터 밤중까지 돌아다니면서 똑같은 말을 무한 반복해야 하는 연설의 괴로움을 토로하다가, 선거 유세를 함께하는 동료들에게.) "지겨운 농담을 서른세 번째로 들으면서도 실성한 듯 웃어야 하는 가여운 동지들이여. 자네들을 생각하면 내 가슴이 미어진다네."(19세기에 태어난 처칠이(1874년생이다) 첫 선거 유세를 다닐 때만 해도 랜도마차가 유일한 교통수단이었다고.)

이처럼 처칠의 쾌활하고 해학적인 면모를 보여 주는 글도 있지만, 이 책에는 아직 끝나지 않은 독일의 야망에 대한 우려, 민주주의의 미래에 대한 숙고, 현대 문명과 기계전에 대한 예언 등, 격동의 시대에 막중한 책임을 지게 된 한 인간의 통찰 또한 빛나고 있다.

처칠은 내가 소개하고 있는 작가들 가운데 가장 높은 계급(공작 가문의 후손으로 궁전에서 태어났다)과 가장 보수적인 사상(자유와 질서를 옹호하고 공산주의를 철저히 배격했다)을 지닌 인물이다. 육군 사관학교 출신에 해군 장관과 재무 장관을 비롯한 여러 요직을 거치고 양차 대전을 모두 겪은 유일한 관료이자 총리를 두 번 역임한 그에 대한 평가는 상반되는 측면이 있다.

2002년 BBC가 조사한 설문에서 "가장 위대한 영국인 1위"로 꼽힌 처칠은 절체절명의 위기에서 국가를 구한 영웅으로 추앙되며, 그의 장례식은 왕족이 아닌 민간인으로선 유일하게 영국 왕실 국장으로 치러졌다. 그러나 그는 살아생전 진보 진영에게는 차별적인 제국주의자에 전쟁주의자로 비판받았으며, 보수당원들에게는 무모하고 좌충우돌하는 변절자로 매도당하기도 했다.

역사를 들먹이기 좋아하는 이들은 흔히 말한다. 만약에 그때 처칠이 수상이 아니었다면. 만약에 미국이 연합군으로 참전하지 않았더라면. 만약에 독일이 먼저 핵폭탄을 개발했더라면. 이런 '만약'들을 전제로 역사 속 인물의 공과를 평가하는 것은 무슨 의미가 있을까. 그것은 단지 우리가 후대의 사람들이기에 누리는 경박한 여흥에 불과한 건 아닐까.

역사적 사건들은 걸출한 인물이 만들고 이끌어 내는 것인가, 혹은 우리의 지도자란 어쩌다 보니 거대한 흐름의 선봉에 던져지고 만 것뿐인가? 우리의 세상을 만들어 낸 이상과 지혜들은 눈부신 소수의 업적인가, 말없이 인내한 익명의 다수가 이룩한 것인가?

처칠은 글쓰기와 책 읽기를 좋아한 웅변가이자 정치가였을 뿐, 최고의 전략가나 탁월한 군사 지도자는 아니었다. 하지만 희대의 포퓰리즘 선동가 히틀러에 맞서, 항복하려는 프랑스를 독려하고, 독일과 협상하려는 영국 내각을 설득하고, 미국의 참전을 이끌어 내면서, 끝까지 싸울 것을 고집한 '불도그' 처칠이 있었기에, 이 세계는 파시즘에 굴복하지 않을 수 있었다. 이것만은 틀림없는 사실이다.

개인적으로 처칠은 평생 우울증에 시달렸다고 한다. 시대의 부름에 응해 부단히 중대한 결단을 해야 했던 인간에게 부과된 스트레스는 막중했을 것이다. 그럼에도 그의 말과 글에는 활달한 기운이 넘쳐흐르고, 암울한 마음에조차 희망을 일깨우는 특별한 힘이 있다. 아마도 이것이 처칠을 위대한 지도자로 만들어 준 능력일 것이다.

앞날이 막막해 좌절에 휩싸일 때, 회의와 비관의 음울한 기운에 짓눌려 무기력해질 때, 처칠의 책을 읽어 보시라. 당신에게 필요한 용기가 국가를 구해야 할 만큼 거대한 도전은 아닐지라도, 삶의 험한 파도에 맨몸을 던져야 할 때 그의 한마디 한마디가 큰 격려가 되어 줄 것이다.

우리 기쁨을 소중히 여기고 우리 슬픔을 비통해 하지 말자. 빛의 영광은 그림자 없이 존재할 수 없으니. 삶은 총체적이라서, 선도 악도 함께 받아들일 수밖에 없다. 그 여정은 즐거웠으며, 겪어볼 만한 가치가 있었다. 한 번은.

3단계―두려움에 익숙해질 용기

하지만 아무리 책을 읽어도 현실은 꿈쩍하지 않는다. 이럴 땐 특단의 조치가 필요하다. 극한의 공포 체험을 통해 무뎌진 심신에 실체적 자극을 가하는 것.

에드거 앨런 포의 단편 중에 「구덩이와 추」라는 소설

이 있다. 캄캄한 감옥에 한 남자가 갇혀 있다. 그는 장님처럼 더듬으며 암흑 속을 돌아다닌다. 그런데 그 방 한가운데엔 깊이를 알 수 없는 구덩이가 있다. 함정이다. 남자는 단 한 걸음을 남겨 두고 바닥에 엎어지는 바람에 추락을 모면한다. 하지만 다음 순간, 그는 테이블 위에 가죽 끈으로 묶여 있다. 아득한 위쪽 천장에서 빛이 새어 드는데, 사슬에 매달린 추가 얼핏 보인다. 뚫어져라 바라보니 거대한 칼날이다. 그것은 좌우로 천천히 흔들거리면서 그의 심장을 향해 조금씩, 그러나 확실히 떨어져 내리고 있다.

1809년 미국 보스턴에서 태어난 포는 마흔 살로 거리에서 객사할 때까지 수많은 정신적 물질적 육체적 고통에 시달렸다. 가난에서 벗어날 길이 없었고, 개인사의 아픔이 깊었으며, 마약과 알코올에 찌들어 지냈다. 그래선지 시에 천부적이었고 재기 넘치는 칼럼들과 58편에 이르는 단편 소설을 썼지만, 긴 인내와 시간을 요하는 장편소설은 단 한 편만 남겼다.

오늘날 포는 공포 소설의 대가로 유명하다. 그러나 그는 탐정 미스터리라는 장르를 고안해 낸 최초의 소설가이기도 하다.♦ 그뿐 아니라 그의 작품들 다수가 이후 여

♦   「모르그가의 살인」(1841), 「도둑맞은 편지」(1844) 등에서 활약하는 세련된

러 작가들의 모험 소설과 과학 소설, 그리고 심리 소설에 영감을 주었다. 쥘 베른의 『해저 2만리』나 『80일간의 세계 일주』 같은 대표작을 보면 단박에 포의 「한스 팔의 전대미문의 모험」이나 「열기구 보고서」 같은 단편이 떠오른다. 오스카 와일드의 유일한 장편 소설 『도리언 그레이의 초상』 역시 포의 단편 「타원형 초상화」에서 결정적 소재를 얻었다. 한편, 포의 단편들 중 가장 먼저 유럽에 알려진 「배반의 심장」 「검은 고양이」 등의 범죄 소설에는 '분열된 자아에 의해 나의 죄를 폭로당하는 나'라는 모티프가 반복되는데, 도스토예프스키의 『죄와 벌』에서 이러한 포의 영향이 선명히 드러난다.

하지만 포의 단편들이 선보이는 압도적 공포만은 누구도 따라잡지 못한다. 그의 공포에는 일관된 특징이 있다. 포의 인물들은 자신의 의지에 반하는 어떤 이유로(최면, 마비, 포박에 의해, 관 또는 벽 속에 갇혀) 옴짝달싹 못한 채 죽음을 맞는다. 산 채로 죽어 가는 인간, 즉 '생매장'이다. 이것이 포에게만 있는 고유한 요소는 아니지만, 그 이야기가 변화무쌍한 리듬과 속도감을 가지면 파괴력이 생긴다. 작은 쇠구슬이라도 아주 큰 속력이 가해지면 목

탐정 뒤팽이 바로 포의 아바타다.

숨을 앗아 가는 총알이 되듯이.

이걸 반대로 생각해 보자. 자유로운 사지와 쌩쌩한 정신을 가진 우리가 매일같이 뚜벅뚜벅 다가오고 있는 죽음을 두려워하지 않는 이유는? 그 속도를 모르기 때문이다. 그것이 까마득히 먼 곳에서, 아주 느릿느릿, 거의 백 년은 걸릴 만큼 느리게 오고 있을 거라 믿기 때문이다. 덕분에 우리는 오늘 하루를 아까워하지 않고 흘려보낼 수 있다.

스스로에게 실망스럽기만 한 날에는 포의 소설들을 읽으면서 두려움에 익숙해져 보자. 이게 신기하게도, 용기가 콸콸 샘솟는 건 아닌데 뭐가 됐든 덜 겁내게는 된다. 너무 자명하니까 포기하게 되는 일종의 후련함이랄까. 안 될 일이라면 어떻게 해도 안 될 것이고, 또 무슨 일인가는 피할 도리 없이 나에게로 움직여 오고 있을 것이다. 그러므로 구원의 손길을 부질없이 바라느니, 불행이 오는 때를 알지 못함에 감사하며 지금을 살겠다.

2부

괜찮다고
말하지 좀 마요

자존감이 무너진 날에는

『설국』
『햄릿』
『차라투스트라는 이렇게 말했다』

궁금한 게 있다. 우리는 왜 자긍심pride이나 자신감confidence이라는 말 대신 굳이 자존감self-esteem이라는 말을 쓰는 걸까? 난 내가 자랑스러워, 나를 믿어, 자신 있어, 이러면 왠지 잘난 척하는 것 같고, 잘 안 되면 더 웃음거리가 될까 봐 숙고 끝에 선택한 겸양의 표현이 자존감인가. 너랑 상관없이, 누구랑도 상관없이, 이대로의 내가 좋다, 나는 나를 존중한다, 이런 의미로?

사회심리학자 돌리 추그Dolly Chugh에 따르면, '자존감'과 '도덕성'은 반비례의 양상을 보인다고 한다. 스스로를 높이 평가하는 사람일수록 실제 상황에서는 낮은 수준의 도덕 판단력을 보여 준다는 것. 뭐지, 이 싸한 기분은? 자존감이 높아지면 인간쓰레기가 된다는 말인지. 자존감 부족으로 치이며 사는 것도 괴로운데 조만간 도덕성까지 평가절하당하게 생겼다. 사실 우리가 바라는 자존감은 그렇게 거창한 게 아닌데. 누군가 나를 함부로 후려칠 때, 방긋 웃으며 '무지개 반사!'를 외칠 수 있는 순발력. 타인들과의 관계 속에서 나쁜 영향은 받지 않고 나를 지켜내겠다는 마음가짐. 소소하지만 행복한 삶을 위해 필요한 약간의 방어력 정도. 하지만 남의 말에 영향을 아예 안 받으면 안 받았지, 나쁜 것은 쳐 내고 좋은 것만 가려 받기는 무척 어렵다. 결국 이것도 양자택일 문제인가. 착하게 휘둘리며 살 것이냐 뻔뻔하게 내 멋대로 살 것이냐.

『설국』의 남자 주인공 시마무라는 부모의 유산으로 무위도식하는 유부남인데, 눈과 온천으로 유명한 어느 산골 마을에 들렀다가 그곳 여관의 박복한 게이샤 고마코를 알게 된다. 그 후 시마무라는 몇 년에 걸쳐 뜨문뜨문 '설국'을 찾아가고, 둘이 함께 있는 동안엔 연애 비슷한 걸 하지만, 남자는 언제나 처자식에게 돌아간다는 결말이다.

시마무라는 그를 향한 사랑으로 애달파 하는 고마코를 보면서 언제나 "아름다운 헛수고"라는 말을 떠올린다. 자신은 그 모든 상황과 무관하다는 듯, "어쩔 수도 없는 일"이라고 한다. 그러다가 마을에 큰불이 나는데, 시마무라는 멀뚱히 서서 불구경을 하는 반면, 고마코는 불 속으로 뛰어들어 친구를 구해 낸다. 음······. 아무래도 추그 박사의 말이 맞나 보다. 도덕력의 원천이 공감력이라면, 타인에게 영향받지 않는 능력이 강할수록 도덕성은 약해지겠다. 남의 말에 솔깃하지 않으니 비난에도 흔들림이 없고, 공감을 못하니 막말에도 아무렇지 않은 거다. 그래서 자존감 강한 사람 곁에 있다 보면 그마나 있던 희미한 내 자존감마저 고갈되고 마나 보다.

『설국』은 감탄을 자아내는 묘사와 미문美文이 압권인 작품이지만, 특히 인상적인 대비를 이루는 두 가지가 있다. 하나는, 시마무라가 "본 적도 없는" 서양 무용 평론을 하고 있다는 것이다. 그가 그걸 하는 이유는 바로 "본 적도 없고 볼 수도 없기 때문"이다. 사진과 자료만 보고 하는 평론이라서 마음에 든다는 것. 그는 탐미적 안목은 가졌을지언정 현실에 발을 딛고 살 생각은 전혀 없다.

그에 반해 고마코는 가난하고 의지가지없는 신세지만 온 힘을 다해 자기 생을 사랑하고 있다. 고마코가 시마무라를 사랑하는 것도 그래서다. 그것이 시마무라로선 평생 헤아릴 수도 느껴 볼 수도 없는 뜨거운 현실이기 때문에. 시마무라는 설국의 차가운 깨끗함에 매혹되지만 고마코는 그 눈 아래에서 뜨거운 온천수가 솟아나고 있음을 가리킨다.

둘 중 누구의 자존감이 진짜 더 높을까. 그래도 여전

히 시마무라 쪽일 것 같다. 걔가 더 도덕성이 부족하고, 그럼에도 자기는 이 정도면 괜찮다고 여길 것 같다. 비관적이다.

◆ ◆ ◆

내가 만일 한 나라의 왕자고, 엄청 똑똑하고 잘생겼는데, 왕국은 부유하고 국민들은 나를 사랑하고 나에게는 예쁜 여자 친구도 있다면, 정말이지 남부러울 것 하나 없이 즐겁기만 하겠다. 자존감 같은 걸 고민할 이유도 없고. 하지만 그게 단지 남들 눈에 비치는 모습일 뿐이라면? 아버지는 비명횡사했고, 원래 나는 왕위 계승 서열 1위였는데 엄마가 삼촌과 재혼하는 바람에 나이 서른에 아직도 왕자라면? 아버지가 정복했던 옆 나라의 왕자는 벌써 전쟁을 이끌며 자기 몫을 다 해내고 있는데, 나는 아직도 방구석 여포일 뿐이라면?

햄릿은 타인의 요구(아버지; 내 복수를 해 다오), 도덕률(옳고 정당한 방법으로 살인할 수 있는가), 자신의 욕망(나도 이웃 나라 왕자처럼 당당하게 살고 싶다) 사이에서 갈팡질팡하다가 자아분열에 이르렀다. 그래서 그가 위대한 비극의 주인공이다. 만일 햄릿이 극도의 가정불화와 망쳐진 연애와 무직자의 서러움 속에서도 '난 이대로 괜찮다.'고 했다면, 그는 희가극의 어릿광대가 됐을 것이다.

남이 괜찮다고 위로해서 괜찮아질 일이었다면 그런 위로가 없었어도 괜찮았을 것이다. 자존감을 좀 키워 보라는 조언은 어쩌면 '달이 아니라 달을 가리키는 손가락이 문제'라는 식의 참견일지 모른다. 햄릿의 고뇌 "사느냐 죽느냐"는 우리의 인생엔 자존감 정도로는 해결되지 않는 절박한 걱정거리가 수두룩하다는 엄연한 사실을 일깨워 준다.

◆◆◆

일상에서 우리는 크고 작은 비판 평가 비교를 겪는다. 스스로 그러기도 하고 다른 사람에게 당하기도 한다. 그런데 어떤 부분은 매섭게 지적받아도 아무렇지 않고, 어떤 부분은 살짝 건드리기만 해도 와르르 무너진다. 바로 그곳, 자존감이 문제 되는 부분이 나의 약점이다.

재미있는 특징은 이거다. 남이 볼 땐 확실히 약점인데 본인은 아무렇지 않으면 전혀 문제가 아니고(염치없단

소리는 듣겠지만 그래도 당사자에겐 별 타격이 없고), 멀쩡해 보이는데도 스스로 약점이라 여겨 안달복달하면 정말이지 약도 없는 약점이 돼 버린다.

그렇다. 모든 게 마음먹기에 달렸다. 그래서 그 '마음먹기'에 도움 되시라고 신박한 책 하나 알려 드리겠다. 높은 산에 들어가 십 년 동안 도를 닦고 세상 곳곳을 다니며 깨달음을 전파했던 어느 기인의 말씀을 모은 건데, 이것 하나만 제대로 읽어 두면 세상 모든 종류의 인간은 물론 신과 맞짱을 떠도 이겨 먹을, 약점 없는 강철의 정신세계를 갖게 되는 책으로, 제목부터 자존감 뿜뿜인 『차라투스트라는 이렇게 말했다』이다.

인간들 사이에서 애태우며 시달리고 싶지 않은 자는 어떠한 잔으로든지 마실 줄 알아야 한다.

인간이란 결국 자기 자신만을 체험하는 존재가 아닌가.

그대는 위대함으로 통하는 그대의 길을 간다. 그대의 뒤에 이미 어떠한 길도 없다는 것. 그것이 이제 그대의 최상의 용기가 되어야 한다!

우리들의 진리 앞에서 부수어질 수 있는 모든 것은 부수어 버리기로 하자! 아직도 세워야 할 집이 많지 않은가!

그래, 부수어 버리자. 시원하게.

자존감을 말할 때 우리가 흔히 생각하는 것은 방향이 잘못되었다. 자존감은 내 방에서 혼자 키우고 지키는 조그만 선인장 같은 게 아니다. 자아 존중의 규준criterion은 어린아이 때부터 우리에게 쌓여 온 사회적 가치 기준standards을 따라가며, 우리 주변에 있는 타아들의 태도에 영향받는다. 자존감 문제가 종종 인종 계급 성별 빈부 같은 차별 문제와 연결되는 이유다.

자존감은 외부적 조건이나 타자와는 무관한, 홀로 온전하고 독립적인 심리 상태가 아니라 언제나 사회 속에서, 관계 속에서, 타자들과 나 사이에서 작동한다. 그렇기 때문에 우리는 타인의 자존감을 해치지 않도록 교육받아야 한다. 이것이 인성 교육이고 도덕 교육이다. 내가 나를 깎아내리지 않으려면 남에게 부당하게 폄훼당하지 않아야 한다. 우리들은 더 많은 자신감을 가져도 좋다.

사람들과 어울리기가 힘듭니다

『필경사 바틀비』
『돈키호테』

사람들과 어울리는 건 왜 힘이 들까? 초면인 사람과 스스럼없이 말문을 트고 가까워지는 것은 누구에게나 쉽지 않은 일이다. 하지만 꾸준히 봐야 하는 사람들, 같은 부서, 같은 반, 같은 팀 사람들과 좋은 관계를 유지해 나가는 것이야말로 잘하기가 참 힘들다. 공사 구분은 확실하되 거리감을 주지 않고, 함부로 굴지 않으면서도 돈독한 관계를 맺는 것은 아무리 연습해도 늘지 않는 제자리멀리뛰기 같은 종목이다.

관계 맺기에 또 실패했다는 생각이 들 때마다 수많은 이유를 떠올려 보곤 한다. 눈치가 없어서. 농담을 못해서. 술을 안 마셔서. 속마음을 감추지 못해서. 성격이 모나서. 가정 교육을 잘못 받아서. 이런 식으로 계속 이유를 찾다 보면 스스로가 말종 인간이라는 생각이 든다. 왜인지 이유를 말해 주는 이도 없으니 영영 모른 채 살다 가겠구나. 잠시, 쓸쓸함이 밀려왔다 밀려간다.

그런데 오늘 아침, 평소와 다름없이 허둥지둥 출근해 책상에 놓인 책을 치우려다 깨달았다. 며칠째 신경 쓰이던 그 책의 한 구절이 무슨 뜻인지 알 것 같다는 돌연한 느낌과 함께, 경악스러운 깨달음에 직면한 것이다.

◆ ◆ ◆

"I would prefer not to."

허먼 멜빌의 『필경사 바틀비』를 대표하는 이 문장의 우리말 번역은 판본마다 조금씩 다르다. 'prefer'라는 단어에 어떤 뉘앙스를 담느냐에 따라, 의지가 부각되는 쪽이 있는가 하면 선택이 더 부각되기도 한다. 어느 번역이 더 잘됐다거나 적절하다고 왈가왈부할 입장은 아니지만, 이 묵직한 단편 소설을 이해하는 가장 의미심장한 문장인 만큼 어느 하나를 선뜻 채택할 수 없다.

변호사 사무실에 필경사로 채용된 바틀비는 고용주인 변호사가 처음으로 간단한 '잡무'를 시켰을 때 위의 문장으로 답한다. 대략, '저는 안 하고 싶습니다만.' 정도의 뜻이다. 보스인 변호사는 물론이고 사무실의 다른 부하 직원들은 업무 지시에 불응하는 바틀비를 이해할 수도 관용할 수도 없다.

그들은 바틀비에게 명령하고,(이리로 나와서 자네 소임을 하게!) 설득도 하고,(적어도 이 사무실에서 통용되는 관행은 지켜 달라고 친구로서 간청하는 걸세.) 근거를 제시하며(모든 필사원은 자신이 작성한 필사본의 검정을 도울 의무가 있어. 안 그런가?) 그에게 근로 계약 외 업무를 시켜 보려 애쓰지만, 바틀비의 답변은 고장 난 녹음기처럼 한결같다.

바틀비의 행동을 자유 의지의 증거로, 관습적 질서에 대한 저항으로 해석하기도 한다는데, 그렇게까지 심오한 뜻은 잘 모르겠다. 다만, 가만히 들여다볼수록 그가 하는 말에 주목할 필요가 있지 않나 생각된다. 바틀비는 시종일관 겸양의 화법으로 의사 표시를 하는데, 어째서 듣는 사람들은 모두 단호한 배타적 의지로 받아들일까?

"안 하고 싶습니다만.(Prefer not to.)"

"안 하겠다고?(Will not?)"

왜냐하면 바틀비의 언표와 행동이 서로 충돌하기 때문이다. 말본새는 깍듯한데 '안 하는' 실제적 행위에 있어서는 극단적으로 비타협적이다. 이런 부조리는 그의 첫인

상을 묘사하는 변호사의 문장에도 뚜렷이 드러난다. "핼쑥할 지경으로 단정하고, 안쓰러울 만큼 점잖고, 가망 없게 고독한" 바틀비는 더없이 공손한 체제 전복자다. 이 괴리가 바틀비를 특별히 기이한 존재로 보이게 하고, 불편한 감정을 불러일으켜, 급기야는 그의 말에서 의미를 지워 버린다.

『필경사 바틀비』는 누구에게 감정 이입하느냐에 따라 용암과 빙산처럼 다른 온도로 읽히는 소설이다. 말단 사원을 뽑아 놨더니 시키는 일마다 안 하고 싶다며 뻗대면 얼마나 부아가 치밀까. '안 하고 싶다'며 퇴근도 안 하고, '안 하고 싶어'서 다른 직원들과 어울리지도 않고, 해고를 했더니 퇴사를 '안 하고 싶으니까' 사무실을 무단 점거하고 있으면? 울화통이 터지겠다.

바틀비의 '안 하기'는 3단계에 걸쳐 심화되는데, 처음에는 단순 잡무를 사절하는 수준이지만, 나중에는 섭식마저 거부하며 완벽하게 비사회적 존재로 고립되기에 이른다. 보통의 감각을 가진 사회인이자 기성세대인 나는 바틀비가 얼마간은 이해되지만 대체로는 노새처럼 고집불통인 바틀비 때문에 속을 끓여야 하는 변호사에게 위로를 건네고 싶은 마음이었더랬다. 그런데 오늘 아침에 문득 이런 생각이 든 거다. 어떤 사람에겐 나도 바틀비처럼 가망 없어 보일 수 있겠구나.

누구에게나 아무리 사소해도 안 하고 싶은 일은 있다. 그런데 사람들과 어울리려면 하고 싶지 않은 것들 중 무언가를 해야 하는 경우가 많다. 그럴 때 당신은 어느 쪽을 택하는가? 안 하고 싶은 마음인가, 어울리고 싶은 마음인가.

주변의 증언에 따르면, 성격상 무리에 잘 섞이지 못하는 외톨이들만 사회생활이 힘든 건 아니다. 누구와라도 금세 가까워지는 듯 보이는 사교적인 사람도 인간관계가 가장 피곤하다고 말한다. 타고난 기질이 절대 요인이 아니라면, 차이를 만들어 내는 것은 결국 나의 선택 아닌가. 내가 사람들과 못 어울리는 이유는, 그렇게까지 어울리고 싶은 건 아니어서(I would prefer not to.)였다. '아싸'의 시작은 마이웨이. 이것이 깨달음의 서막이었다.

◆ ◆ ◆

소설의 주인공들은 대개 마이웨이로 흥하고 마이웨이로 망한다. 배려와 아량이 넘치는 둥글둥글한 성격의 주인공? 누가 있더라……. 문학사의 쟁쟁한 마이웨이 고수들 가운데서도 돈키호테는 마이웨이의 신기원이라 일컬어 마땅하다.

내 눈에 거인이면 풍차도 거인이요, 내 눈에 투구면 세숫대야도 마법의 황금 투구이며, 내 눈에 공주면 가슴털이 수북한 힘센 농부 처녀도 공주가 되고야 마는, 독보적 자기중심성을 선보이는 미치광이 히어로. 불의가 판치는 세상을 구원하겠노라 선포한 후 가출한 라만차의 야매 기사.『돈키호테』를 읽는 즐거움이라면 그 경이로운 뻔뻔함이 혀를 내두를 지경의 허술함과 결합하여 자아내는 실소, 그리고 기상천외한 실패들 속에서 이따금 순전히 우연인 작은 성공을 맛보는 가련한 노인에게서 느껴지는 위안(꾸역꾸역 살다 보면 괜찮아질 때도 있겠구나.) 같은 것이 아닐까.

그렇긴 해도 사람들에게 물어 보면 열 명 중 평균 예닐곱은 돈키호테를 썩 좋아하지 않는다고 말한다. 하기야 단체 생활에서 돈키호테 유형의 인물은 꽤나 골칫거리다. 돈키호테를 좋아한다는 사람과는 가까이 지내기만 해도 봉변을 당할 것만 같다. 하지만 막상 돈키호테가 당한 봉변을 생각하면, 그에게 쏟아지는 야유는 너무하지 않나 싶다. 마을 신부는 돈키호테가 아껴 모은 소설책들을 모조리 불태워 버리고, 돈키호테가 잠든 사이에 나무 우리에 그를 집어넣고 수레에 실어 강제로 집에 데려다 준다. 이때 충직한 현실주의자인 하인 산초가 주인님이 '마법에 걸렸다'는 신부님 말씀을 믿을 수 없다고 항변한다. 신부면 주님을 믿어야지 어째서 마법을 믿는가! 그러자 우리 안에서 눈을 뜬 돈키호테는 산초에게 이렇게 말한다.

"시대의 관습을 거부하고 논박하려는 건 헛된 일이야. 나는 내가 마법에 걸렸다는 것을 알고 또 느끼고 있어. 이것이 그나마 내 양심의 가책을 덜어 주는구나. 내가 마법에 걸리지도 않았는데 이렇게 맥없이 겁쟁이처럼 우리에 가둬져 있도록 스스로를 내버려 두는 거라면, 지금 이 순간에도 나의 도움과 보호가 절실한 수많은 이들에게 베풀어야 할 내 능력을 욕보이는 일일 테니."

애꿎은 사람들을 괴롭히고 사회 질서를 어지럽혔다지만, 따지고 보면 돈키호테가 모험 여행 내내 가장 자주 그리고 가장 많이 부상을 입힌 인간은 자기 자신이었다. 돈키호테는 남들의 시선을 두려워하지 않았고, 자신이 좋아하는 일에 전념했고, 성과가 보잘것없을지라도 원칙과 절차는 지키려고 애썼다. 그는 원대한 꿈과 놀라운 상상력을 지닌 보통의 인간이었다. 비록 사람들과 잘 어울리진 못해도 볼수록 매력적인 선비 아닌가.

이렇게 돈키호테를 위한 변명을 찾다가 알았다. 모든

아웃사이더는 본질적으로 자발적 아웃사이더다. 스스로 선택하지 않은 아웃사이더라면, 혹시 자신이 왕따 피해자는 아닌지 정신 차리고 살펴봐야 한다. 그게 아니고, 자기는 마이웨이로 살면서 남들은 있는 그대로의 나를 사랑해주었으면 좋겠다는 마음이 든다면? 과욕임을 성찰하자. 못하는 건 인정하고, 잘하려고 애쓸 마음이 없다면 그에 따른 손해는 감수해야지.

　　그래서 대체 무엇을 깨달았냐고? 질문이 잘못되었다는 걸 알았다. 성공한 사람들의 비결은 그들이 '비결'을 구했다는 데 있다. '왜'가 아니라 '어떻게'를, 이유가 아니라 방법을, 원인이 아니라 대책을 궁금해 하는 자세. 그 작은 습관이 결과의 막대한 차이를 만들어 낸다. 성공적인 인간관계를 진심으로 원한다면 사람들과 어울리는 게 왜 힘들까 자문할 게 아니라, 어떻게 하면 사람들과 잘 어울릴 수 있을지 방법을 찾아 실천해야 한다. 원인보다 결과가 중요하다고 믿으면 이유를 몰라도 행동할 수 있다.

　　이 사실을 이십 대에 알았더라면 인생을 바꿀 수 있

었을까? 전혀 그렇지 않다. 어떤 질문을 갖고 사느냐는 비단 사교의 영역에만 해당하는 게 아니고, 삶의 전 영역에 영향을 끼치기 때문이다. 결국 나는 바뀌지 않은 채 이유를 따져 봐야 별무소용. 개 꼬리 삼 년 묵힌들 황모〔붓 만드는 데 쓰이는 족제비 꼬리털〕못 된다는 속담이 괜히 있는 게 아니다. 사람은 쉽게 안 변한다.

정말 그러하다. 이걸 깨달은 마당에도 여전히 사람들과 어울리는 게 힘든 데는 어떤 원인, 보편적 우주적 일반 원리가 있을 것만 같고, 사람들과 잘 어울리는 방법 같은 건 알아도 실천을 못 할 것 같다. 남이 이렇게 막무가내로 버티면 굉장히 꼴 보기 싫을 것 같은데, 내가 당사자가 되니 나도 나를 어쩔 수가 없다. 역지사지가 이렇게나 어려운 일이다. 이거야말로 서로 다른 입장과 처지에 놓인 사람들이 모여 살면서 잘 어울려 지내기 어려운 이유가 아닐까.

이 길이 아닌 것 같다고

『파우스트』
『고도를 기다리며』

이십 대가 끝나 가도록 무슨 일을 하며 살고 싶은지 몰랐다. 소속 없는 맨몸으로 세상과 대면하기 두려워서 학생이라는 신분을 꾸준히 유지하고 있었지만, 이 길이 아니라는 생각은 점점 뚜렷해졌다. 그러다가 진지한 열의를 가지고 어떤 일에 도전해 봤다. 머리보다는 몸을 더 많이 써야 하는 일이었는데, 유약한 책상물림의 '노동 판타지'가 산산이 바스러지는 데는 인턴 삼 개월로 충분했다.

정신이 번쩍 들었다. 일단 어디든 들어가서 앞날을 도모해야겠다는 다급함으로 취업한 곳이 하필 출판사였다. 내가 지금 가고 있는 길이 어디로 이어질지 알지 못한 채 눈에 띄는 아무 방향으로나 발걸음을 떼어 본 것이다. 언제든 마음만 먹으면 원하는 다른 길로 갈 수 있으리라 믿으면서. 그렇게 이십 년이 지나고 나니 쉬지 않고 외길을 걸어온 셈이 되고 말았다. 애초부터 편집자를 꿈꿨던 듯이, 책 만드는 일에 남다른 보람과 긍지라도 느끼는 듯이 아직까지 출판사에 다니고 있다.

♦♦♦

영어권 서점에는 '셀프헬프Self-Help'라는 코너가 있다. 스스로를 돕는 책이라니, 참 좋은 명칭이다. 성공, 행복, 처세, 커뮤니케이션, 스트레스 관리, 정신 건강에서 성생활에 이르기까지, 아우르는 주제도 광범위한데, 이를 우리말로는 '자기 계발'이라 한다. 셀프헬프가 부족한 나를 채워 주는 느낌이라면 자기 계발은 부족한 나를 더욱 채찍질해야 할 것만 같아서 호감도가 부쩍 떨어지지만, 제목만 봐도 새로운 인생이 펼쳐질 듯 유혹적이라는 점은 동일하다.

셀프헬프건 자기 계발이건, 그 핵심은 욕망의 적극적 긍정이다. 인간은 누구나 더 좋은 삶, 더 풍요로운 삶을 욕구한다는 전제가 깔려 있는 것이다. 욕망이라 하면 이분, 욕망의 로켓 불꽃, 욕망의 폭주 기관차, 파우스트 박사를 빼놓을 수 없다. 그는 한계 없는 욕망으로 욕구 불만의 화신이 되고 만, 궁극의 욕망 덩어리다.

지식의 4대 분야인 철학 법학 의학 신학에 정통한 만물박사인 그는 마법과 연금술까지 익혀 이 세상에 더는 배울 것이 없게 되자 극심한 공허감에 시달린다. 언젠가 죽고 말 필멸의 인간들이 생각 없이 먹고 웃고 취하고 행복해 하는 모습을 보며 그는 탄식한다. 나도 저들처럼 스스로의 무지와 어리석음을 부끄러워하지 않으면서 마음껏 즐겨 봤으면…….

신과 같은 경지의 앎을 얻은 대신 젊음을 잃어버린 파우스트는 억울함에 몸서리친다. 잘 놀려면 돈과 체력이 필수인데, 이렇게 늙고 가난하고 인기 없고 힘도 없는 상태로는 도저히 살기 싫다. 자살하려던 파우스트가 자신의 영혼을 악마에게 팔고 청춘을 돌려받는 거래에 서명하는 이유다. 그런데 18세기 고전주의 양식으로 셰익스피어에 비견할 드라마를 추구한 괴테의 야심이 이뤄 낸 이 웅장한 장편 희곡 『파우스트』를 실제로 읽는 사람이 오늘날엔 거의 없다 보니, 그다음에 파우스트 박사가 어떻게 됐는지는 잘 모르는 듯하다.

파우스트 박사와 메피스토펠레스 이야기의 뼈대는 16세기부터 대유행한 민담을 차용한 것이다. 되찾은 젊음, 영원한 미모, 무한대의 마술적 능력을 가진 존재가 되는 상상은 인간이 꿈꿀 수 있는 욕망의 최대치다. 그만큼 강력하고 매력적인 모티프였기에 괴테 이전이나 이후에나 무수히 많은 변주들이 생겨났을 것이다. 하지만 괴테의 파우스트가 다른 모든 파우스트들을 능가하는 문학의 정점에 올라서게 된 데는 특별한 다름이 있다.

대학자 파우스트는 젊어진 육체로 쾌락만을 탐닉하기엔 아는 것이 너무 많고 호기심과 도전 정신이 강한 인간이었다. 그는 만족을 모르는 열정으로 새로운 삶, 새로운 길을 모색했다. 그 쉼 없는 추동력이 그를 왕궁에서 들판으로, 하계에서 대양으로 세상 구석구석을 누비는 길고 험한 여정으로 이끌었다. 그러는 동안 연인을, 자식을, 친구를 잃지만 지상 어디에도 없는 이상국을 건설하리라는 원대한 꿈만은 이뤄 낸다, 거의.

파우스트는 성숙한 개인이 조화로운 사회 구성원으로 성장해가도록 스스로를 육성시키는 '교양인',♦ 즉 자기계발 하는 인간의 전형이다. 바로 이 점 때문에 신은 메피스토펠레스에게 시험당할 인간으로 그를 택했다. 인간에겐 가망이 없다고 냉소하는 악마에게 신은 말한다.

♦   계몽주의의 영향을 받아 18세기 말부터 독일에서 널리 유행한 철학과 문학의 개념으로, '이상적 사회인'을 가리킨다.

"Es irrt der Mensch, solang er strebt."

'인간은 노력하는 한 방황한다.'라고 흔히 번역되는 이 유명한 문장은 괴테의 명언으로 널리 알려져 있다. 힘들고 고달픈 처지의 누군가는 이 말에서 큰 위로와 에너지를 받았을지 모른다. 그래, 내가 지금 이렇게 열심히 살고 있으니까 방황도 하게 되는 거구나, 힘내자 아자!

그렇긴 한데, 이 구절은 3행으로 이루어진 한 문장의 일부분이고, 온전한 문장으로 읽어 보면 뉘앙스가 사뭇 다르다. 나에게 다가오는 느낌대로 해석해 보자면, '그(파우스트)가 지상에 살아 있는 동안에는/너(메피스토펠레스)에게 무엇도 금하지 않을 터이니/갈망하는 만큼 길을 잃는 것이 인간이니라.'

신의 이 대사가 얼마나 무시무시한지는 『파우스트』를 끝까지 다 읽은 후에야 비로소 실감이 난다. 악마에겐 모든 게 허용되고, 살아 있는 인간은 욕망으로부터 자유로울 수 없기에, 길에서 벗어나 악마를 따라다니는 것 또한 인간의 숙명이다. 인간의 모든 방황과 열망은 죽음에 이르러야 멈출 것이다. 아 울고 싶어라 인생! 지상의 인간은 악마의 것이고 천국의 인간은 신의 것이라. 과연 인간은 언제쯤 인간 자신의 것일 수 있는지.

남들이 가는 길이 더 좋아 보이고, 넓고 편해 보이는

다른 길에 자꾸 눈이 간다면, 혹시 이게 악마의 속삭임은 아닌지 의심해 보자. 그리고 스스로를 돕는 마음으로(속는 셈 치고)『파우스트』를 한번 펼쳐 보시길. 당신이 더 도전적일수록, 당신의 목표가 더 높을수록, 당신의 인생은 더 많은 위험에 처하게 되리라는 뼈아픈 경고를 얻게 될 터이니. 모험을 두려워하지 않는 그대여, 달콤한 인생을 원한다면 그만큼의 눈물을 먼저 준비하라.

◆ ◆ ◆

유명한 고전들을 연극이나 뮤지컬 등으로 접하는 분들이 많은 줄로 알고 있다. 내가 그런 공연을 본 적이 없어서 확언하기는 어렵지만, 글로 읽는 것과는 다른 경험일 거라고 짐작한다. 시청각 자극에다 시공간 기억까지 더해지는 실체험이니 틀림없이 책보다 훨씬 강렬하고 감동적일 것이다. 그렇긴 해도 나는 굳이 책을 고집하는 쪽이다. 실황 공연 관람을 즐길 만한 정신력이 내게 없기 때문이다.

살아 있는 진짜 인간이 내 눈앞에서 땀 흘리며 뛰어다니고 춤추고 노래하는 모습을 푹신한 의자에 가만히 앉아 쳐다보고 있기가 송구해 몸 둘 바를 모르겠다. 출연자와 관객 사이의 거리가 가까운 작은 공연일수록 무대에 전혀 집중할 수 없다. 숨 막히는 긴장감을 두 시간쯤 견디다 밖으로 나오면 아무것도 기억나지 않는다. 어쩌면 나에게 경증의 폐소공포가 있는지도 모르겠다.

이러한 개인적 결함에도 불구하고, 내가 가장 좋아하는 문학 작품 중 하나가 현대 연극사에 막대한 영향을 끼친 희곡 『고도를 기다리며』다. 연극으로 본 적은 없고 앞으로도 볼 일이 없겠지만, 책이라면 남은 생애 동안 수십 번은 더 읽게 되지 않을까. 지금 가고 있는 길에 회의가 밀려올 때, 그런데 다른 어느 방향을 택해야 할지 알 수 없을 때, 큰 결단이 찾아올 때까지 스스로에게 시간을 주고 싶어서.

극의 줄거리는 단순하다. 블라디미르(디디)와 에스트라공(고고)은 매일같이 앙상한 나무 아래로 와서 고도(Godot)라는 남자를 기다린다. 디디와 고고가 얼마나 오랫동안 고도를 기다려 왔는지, 이전에 고도를 만나 본 적이 있기는 한지, 그들은 모두 다 누구고 어떤 사람들인지, 대사를 통해 알 수 있는 것은 극히 적다. 명백한 것은 어떤 사람들이 누군가를 기다린다는 사실뿐이다. 고도는 저물녘에 심부름꾼 소년을 보내 '내일은 꼭 오겠다'는 약속을 전할 뿐, 한 번도 나타나지는 않는다. 그래도 고고와 디디는 기다림을 계속한다.

이런 막막한 연극이 어째서 그토록 커다란 반향을 불러일으켰을까. 의아할지도 모르겠다. 하지만 책을 읽어 보면 생각이 바뀔 것이다. 가진 게 아무것도 없어서 멀리로 달아날 수 없고, 목을 매달려 해도 "끈오라기" 하나가 없는, 대안 없는 이 삶만이 유일한 인간 둘이, 서로가 서로에게 근거 없는 희망을 부추기면서, 불가피한 절망의 증거가 되어 주면서, 최종의 심연을 향해 고꾸라지고 있는 광경을 목도할 때. 누구라도 소스라치게 놀라 자기 목이 아직 몸통에 제대로 붙어 있는지 더듬어 보게 될 테니까.

『고도를 기다리며』는 1952년 파리에서 프랑스어로 쓰인 책이 처음 출간되었고, 1953년에 몽파르나스 바빌론 소극장에서 초연되었으며, 1955년 런던에서 영어판이 출간되었다. 아일랜드 더블린 출신인 작가 사뮈엘 베케트는 이 극을 프랑스어로 먼저 쓰고 스스로 영역했다. 그렇게 함으로써 특정 언어의 색채를 지우는 것이 목표였다고 한다.

극 속의 대사들은 누군가에게 속한 말이 아니라 '말 그 자체' 또는 '보편적 인간의 말'로 기능한다. 개성은 지우고 의미만 전달하는 '코드'나 '신호'에 가깝다. 그래서 기이하게 들리는 동시에 더 또렷이 이해된다. 독자는 극 중 어느 누구에게도 완전히 감정 이입할 수 없지만, 극 중 모든 인물의 말이 다 자신의 것으로 느껴진다.

이것은 획기적인 방식의 글쓰기다. 가장 몰개성적인 언어로 인간의 본질을 예리하게 드러낸다. 오지 않는 고도를 기다리고 있는 것은 고고와 디디라는 어떤 사람들이 아니라 인간 전체, 우리들 자신이다. 그리하여 이 희곡은 인생에 관한 지독한 알레고리가 된다. 모두 각자 자기만의 고도를 기다리며 하루하루 살아간다. 갈팡질팡하면서. 무턱대고. 대책 없이. 지긋지긋해 하며.

고도의 정체에 관해 무수한 갑론을박이 있었던 걸로 안다. 가장 손쉬운 추정으로는 신God이 있는데, 너무 빤한 해석인 데다 설득력도 별로 없다. 고도가 신인지를 집요하게 묻는 인터뷰들에 사뮈엘 베케트는 거듭 단언했다. "고도는 결코 신이 아니며, 극 안에 묘사된 것이 그에 관해 알려진 전부다."

그 밖에도 온갖 좋은 것, 희망 자유 구원 등 누구나 바라고 원하는 것, 인간이 평생을 바쳐 기다릴 만한 가치가 있는 무엇을 고도라고 해석하는 모양이다. 참 이상도 하다. 고도를 그렇게 생각할 수 있다니, 부정조차 긍정으로 바꿔 버리는 낙천주의인가. 아직 오지 않았으니 안 오는 것은 아니지 않으냐고? 글쎄. 신 존재 증명이나 불확정성 원리처럼 논리적으로 딱 반박할 수 없지만 나의 비관적 유물론 기질에는 맞지 않다.

극 속에서 고도를 기다리는 일은 '이 길이 아닐지도 모른다'는 의심과의 싸움이다. 기다림이 길어질수록 고도가 '아직 나에게 당도하지 않은 기쁜 미래'일 거라는 믿음은 약해져 간다. 그럼에도 기다림을 멈추지 못하는 이유는, 기다림을 포기하는 순간 지나온 시간의 헛됨과 돌이킬 수 없음을 받아들여야 하기 때문이다. 나의 '지금'을 회의하게 만드는 허상들의 총합이 고도이고, 그게 허상이라서 고도는 오지 못하는 것이다.

우리는 서로 다른 길을 가는 사람들을 보면서 각자 가고 있다. 다른 사람이 가고 있는 그 길을 택할 기회가 나에게도 과연 있었는지, 내가 갈 수 있어 보이는 다른 길이 실은 내가 가고 있는 길과 나란하기만 할 뿐 건너갈 수 없는 평행선인지, 생이 다하는 그날에도 나는 끝내 알지 못할 것이다. 어쩌면 우리는 길의 환영들을 보면서 걷고 있는지 모른다.

아무것도 하기 싫으면 어떡하지

『제5도살장』
『카탈로니아 찬가』

꼭 해야 하는 어떤 일이 있는데, 딱 그게 하기가 싫어서 슬금슬금 미루다 포기하고 말 때가 있다. 데드라인까지 깔끔히 넘겨 버리고 나면 더는 기회가 없다는 걸 알면서도, 젖은 신문지처럼 바닥에 철썩 달라붙은 사지를 떼어 낼 수가 없다. 얼른 이번 판을 끝내고 집에 가고 싶은데, 아무도 다가와 '땡!'을 외쳐 주지 않는 '얼음'이 된 기분일 때. 시시각각으로 가까워 오는 해일을 마주한 항구의 목선의 심정일 때. 육체가 의지를 때려눕힐 때. 그런 때가 문제다.

◆◆◆

고전에는 시대와 번역이라는 암막 커튼을 뚫고 나오

는 원문의 힘이 있다고 믿는다. 외국어로 쓰였건 이천 년 전에 쓰였건 외계어로 쓰였건, 고전은 어떻게든 자기 내부의 에너지를 방출해 세상의 숱한 가슴들을 뜨겁게 덥힌다고 말이다. 하지만…… 커트 보니것의 『제5도살장』을 읽으면 견갑골 아래가 너무나 가려운데 내 손으론 긁을 수가 없어서 등짝이 뒤틀리는 기분이다. 못 긁는다고 죽는 건 아니지만, 기필코 거기를 긁지 않으면 못살 것만 같다.

보니것을 사랑할 수밖에 없는 이유는 여러 가지지만, 진실에 덧씌워진 피막을 때려 부수는 펀치와도 같은 위트를 빼놓을 수 없다. 그의 작품들은 웃긴데 웃을 수 없고, 아픈데 울 수 없는 어떤 이야기들을 한다. 시와 농담은 번역하기에 최고로 까다로운 텍스트인데, 두 요소가 함께 있다면 진정한 난맥이 되어 버린다. 사정이 이러하니 『제5도살장』의 여러 번역본들에 대해 무작정 불만을 토로하기는 송구하다.

그럼에도 불구하고 끝내 거슬리는 한 문장이 있다. 'So it goes.' 그리고 이게 거슬리는 이유는 이 문장이 소설에 106번이나 나오기 때문이다. 한 번 갸우뚱하고 그냥 지나칠 수가 없는 것이다. 작가는 누군가의 죽음을 언급한 다음이면 어김없이 이 문장을 말한다. 고양이건 사람이건, 노인이건 청년이건, 여자건 어린애건.

이로부터 즉시 알게 되는 사실이 있다. 이 소설에서 106번 누군가 죽는다는 것.(실은 106의 1200배도 넘는 사람들이 죽어 나간다.) 'So it goes.'는 직역하면 '그렇게 가네.' 정도의 뜻이라서, 죽음과 연결시키면 인생무상을 나타낸다고 해석할 수도 있다. 하지만 소설 속 현재는 참담하고 기막힌 죽음이 진군하는 병정들처럼 쉴 새 없이 밀려오기 때문에 '그렇게 가네.' 같은 초탈한 문장이 발화될 틈이 없다. 그럼에도 만약에 이 문장이 이야기 안에서 말해졌다면, 그것이 처음엔 독일어가 아니었을까 추측한다.

독일어에는 'So geht es.'라는 표현이 있는데, 그 용법이 어찌나 다채로운지 거의 아무런 뜻이 없다. 즉자적으로건 반어적으로건, 잘되건 잘못되건, 기쁘건 슬프건, 흥하건 망하건 아무 때나 쓸 수 있는 삼라만상의 질서를 응축한 무의미를 나타낸다고 해도 무방할 지경이다. 순전히 나의 억측이지만, 작가는 독일어 'So geht es.'를 영어로 직역해 'So it goes.'라고 쓴 건 아닐까.(어차피 작가 사후라 확인할 길은 없다. So it goes.)

소설에서 13만 5000명이 죽는 곳은 1945년 독일의 드레스덴이고, 주인공 빌리가 시간 여행을(당혹스럽게도 이것은 '공상과학' 소설이다.) 처음 시작하는 곳도 드레스덴에 있는 포로수용소인 '제5도살장'이다. 그리고 소설가가 되기 한참 전에, 스물한 살의 커트 보니것은 2차 대전 참전병으로 드레스덴에서 대공습을 겪었다. 보니것에게 『제5도살장』은 너무도 자전적이어서 SF로밖에 쓸 수 없는 소설이었던 것이다.

1922년 뉴욕주 일리엄에서 태어난 미국인 빌리 필그림은 1944년 연합군으로 독일 전선에 파병된다. 종군 목사의 보조였던 빌리에겐 총 한 자루, 군복 한 벌, 심지어 군화 한 켤레조차 지급되지 않았다. 빌리는 말 그대로 맨몸으로 독일군에게 잡혔고, 드레스덴 포로수용소 지하 고기 저장고에서 '아군'의 무자비한 폭격을 경험한다.

드레스덴은 2차 대전 중 연합군이 단일 지역으로는 가장 많은 폭탄을 투하한 도시다. 1945년 2월에서 3월 사이에 드레스덴은 원자 폭탄이 떨어졌던 히로시마보다 더 넓은 지역이 완전히 파괴되었고, 히로시마 폭격의 세 배에 달하는 수의 민간인이 희생되었다. 이 파괴 작전은 너무도 비인도적이어서 전후 상당 기간 동안 서방 세계에서 비밀에 부쳐졌다.

작가는 화염 폭풍이 휩쓸어 달처럼 황량해진 드레스덴에서 살아남은 누군가 중얼거린 말, 'So geht es.'를 들었을지 모른다. 독일군이건 드레스덴 시민이건 미군 포로건 그곳에선 모두가 희생자였고 누구든 생존자였을 것이다. 망자를 향한 애도에는 국적이 없으니까, 그래서 작가는 똑같은 말을 영어로 옮겨 적었는지 모른다. 그러니까 이 문장은 일종의 추도사인 거다. 망자에게 쓰는 영어 관용구로는 'Rest in peace.(직역하면, 평화 속에 쉬시라.)'가 있지만, 보니것은 누군가의 사후 평화에 대해서는 할 말이 별로 없었나 보다. 그래서 자기다운 방식으로 애도사를 하고 있는 것은 아닌지.

많은 경험들은 시간이 지나면 잊히지만, 신체의 일부처럼 달라붙어 죽을 때까지 사라지지 않는 경험도 있다. 형언할 수 없는 비극을 목도한 사람은 어떻게 그 기억을 안은 채로 살아갈 수 있을까. 드레스덴에서 죽음을 눈앞에 둔 순간, 빌리는 시간의 속박에서 벗어난다. 그는 자신의 과거로 미래로 또 현재로 계속 넘나들지만, 그의 시간 이동은 '랜덤'이라서 자기 생의 어느 시간으로 갈지 스스로 결정할 수는 없다. 그는 영원히 죽고 있고, 죽었고, 죽을 것인 삶을 산다. 자유 의지를 가졌으나 자유 의지로 살수는 없는 생이다. 여기에 『제5도살장』의 탁월함이 있다.

생의 모든 순간이 죽음과 달라붙어 있음을 알게 된다면 누구라도 눈앞의 죽음, 한때의 기억에 붙들리지 않을 수 있다고. 용기를 내라고. 그렇게 가는 거라고. 모든 걸 보고 듣고 겪은 이 정겨운 비관주의자는 말하고 있는 것이다.

◆◆◆

　비극의 체험을 픽션으로 재구성하는 것과 논픽션으로 기록하는 것은 여러모로 차이가 있다. 픽션이 보편적이고 폭넓은 공감을 추구한다면, 논픽션은 구체적이고 현실적인 이해를 촉구한다. 만일 관찰자 시점을 넘어 자전적 논픽션이라면 그 무게감과 체감은 극대화된다.

　『카탈로니아 찬가』는 1930년대 스페인에서 벌어진 전쟁을 다룬 르포르타주 가운데 가장 자전적인 논픽션이다. 1936년 12월, 서른세 살의 영국인 조지 오웰은 간호사인 아내와 함께 바르셀로나에 도착한다. 『동물농장』 『1984』 등의 작품으로 '영국을 대표하는 최고의 현대 소설가' 칭호를 얻기 한참 전의 일이다.

　당시 오웰은 계급과 차별 문제를 다룬 르포와 사실주의적 사회 소설을 쓰는 고발 전문 작가였다. 스페인에서 일어난 쿠데타 소식을 들은 오웰은 "신문 기사를 쓸까 하는 생각으로" 스페인에 갔지만, 그곳에 도착하자마자 통일노동자당 소속 의용군에 입대한다. "그 시기, 그 분위기에서는 그것이 해 볼 만한 가치가 있는 유일한 일이었기 때문"이라고 작가는 말한다.

　스페인에서 벌어진 내전에 왜 영국 작가 오웰이 자원

하여 참전했으며, 그게 어째서 가치 있는 일이었는가. 그 점을 이해하는 것이 포인트인데, 스펙터클한 전쟁물을 기대한다면 대실망이다.『카탈로니아 찬가』는『제5도살장』보다 불과 십여 년 전의 이야기지만 마치 석기 시대와 철기 시대, 아니 원시 시대와 문명 시대만큼이나 다른 세상처럼 보인다.『제5도살장』에서는 연합군 전투기들이 밤낮으로 수천 톤의 폭탄을 떨어뜨려 도시 하나를 불바다로 만드는데,『카탈로니아 찬가』에서는 이것이 실제 있었던 전쟁의 기록이라는 게 믿어지지 않을 정도로 헛웃음의 연발이다.

총을 쏠 줄 아는 병사는 한 연대에 대여섯 명뿐이고, 구식 소총의 총알은 제대로 발사되지도 않아서 적보다는 자기 자신에게 더 위험하다. 양군은 서로 수백 미터 떨어진 산기슭에 각각 참호를 파고 하루 두어 번, 총알을 아끼기 위해 최대한 가끔씩, 허공에 대고 위협 사격을 한다. "19세기에 제작된 포탄들은 너무나 천천히 날아 달리기를 해도 쫓아갈 수 있을 정도"고, 병사들이 목숨을 거는 때는 땔감을 찾으려고 산비탈을 오르내릴 때뿐이다. 긴장감이라곤 하나 없는 전투인데 그나마도 어찌나 드물게 벌어지는지, 오웰은 참호 속에서 펭귄 문고를 읽고 앉아 있다. "이것은 전쟁이 아니오. 이따금씩 사람이 죽어 나가는 희가극이오." 멍텅구리들의 블랙 코미디 같고, 오합지졸들의 병정놀이 같은 이 전쟁의 정체는 무엇인가.

『카탈로니아 찬가』는 20세기 초 세계를 뒤흔든 여러 사상의 갈래들에 대한 이해가 없다면 쉽게 파악하기 힘든 내용을 담고 있다. 스페인과 러시아는 유럽 대륙에서 가장 늦게까지 절대 군주의 그늘에 있던 두 나라다. 유럽의 다른 국가들이 공화제 또는 입헌군주제로 이행해 가는 사이, 러시아는 볼셰비키 혁명을 성공시켜 완전히 새롭고 모두가 평등한 이상적 사회상을 제시하는 듯했다. 한편, 스페인은 군주제를 폐지하고 공화정을 시작했지만 군부이라는 특수하고 전통적인 권력 집단이 남아 있었다. 내전의 시작은 프랑코 장군을 주축으로 한 군부의 반란이었다.

힘없는 신생 공화 정부는 민중의 봉기를 촉구했고, 이에 수천수만 명의 노동자가 프랑코의 파시즘에 대항하여 자발적으로 군대를 조직했다. 노동자의 벗 러시아는 파시스트를 물리치기 위한 전쟁을 지원하고자 자국 군을 투입했다. 이렇게 해서 정부군(공화주의자), 의용군(노동자와 무정부주의자), 인민군(공산주의자) 연합 전선이 구축되었다. 곧이어 유럽 각국의 사회주의자, 공산주의자, 노동자 연맹 지지자들이 스페인으로 몰려와 전체주의 타도를 위한 전쟁에 동참했다. '민주적 사회주의자'였던 조지 오웰이 스페인으로 간 까닭이다. 그들은 모두 "희생을 감내할 가치가 있는 전쟁"을 치르기 위해 모여들었던 것이다.

그것은 스페인의 '내전'이었지만, 정치 사상사의 관점에서 보자면 유럽 대륙 규모의 '세계전'이었고, 2차 대전의 어슴푸레한 서막이기도 했다. 결과적으로 이 전쟁은 (오웰이 예견한 대로) 프랑코의 군부가 승리했고, 이후 장장 사십 년에 걸친 독재가 시작되었다. 그리고 스페인에서 파시즘의 승리는 히틀러와 무솔리니의 등장을 재촉하게 한 갈등을 낳았다. 바로 조지 오웰이 경험한 진영 내의 섬뜩한 분열이었다.

시작은 분명 파시즘과의 전쟁이었으나 공산주의자들과 정부 소속 경찰은 의용군을 교묘히 이용한 후 정치적으로 핍박했다. 오웰이 통일노동자당 소속 의용군에 입대한 것은 거의 우연이었다. 그는 레닌 병영에서 어설픈 군사 훈련을 받다가 얼떨결에 전선에 배치되었다. 하지만 나중에 오웰은 의용군이었다는 이유만으로 불법 체포와 감금의 위협 속에서 아슬아슬하게 스페인을 탈출하게 된다. 어째 이야기가 점점 산으로 가고 있는데……. 왜냐하면 당시의 상황이 실제로 그렇게 흘러갔기 때문이고, 그러다 보니 책을 읽는 내내 "도대체 무슨 일이 벌어지고 있는 것인지, 누가 누구와 싸우는 것이고 누가 이기고 있는 것인지 알아 내기가 무척 힘들"다.

분명한 사실은 이런 것들뿐이다. 의용군 소속 영국인 병사 오웰은 언제 터질지 아무도 모르는 구제 수류탄을 품에 안고 불안 속에서 잠을 자고, 아군의 진지와 적진 사이에 갇혀 들판에서 양쪽의 총알 세례를 받기도 한다. 부상자는 후방의 병원으로 이송되는 동안 험한 길을 덜컹대며 달리다가 내장 출혈로 죽는 경우가 더 많았다. 열악하다는 표현조차 과분할 만큼 모든 게 열악했다. "그들은 싸우고 싶어 하지 않았다. 자기들도 살고 상대도 살려주는 것이 기쁠 따름이었다."

의용군 중에는 자기가 어느 편인지조차 모른 채로 진흙탕을 포복하는 어린 병사도 있었다. 그런데 그 대가로 돌아온 것은 투옥 숙청 총살이었다. 당시 스페인에서는 어떤 적을 상대로 싸우느냐보다 어떤 정당에 속해 있느냐가 훨씬 중요했기 때문이다. 부르주아지와 공산주의자와 우익 사회주의자 들은 노동자들이 진정으로 평등해지기를 바라지 않았다. 그럼에도 의용군은 전선에서 프랑코와 싸웠다.

이쯤에서 의문이 들 것이다. 회의와 환멸을 자아내는

현실의 기록인『카탈로니아 찬가』를 무력감에 빠져 아무 것도 하기 싫은 날에 읽으면 좋은 책으로 추천하는 이유 가 뭣인지? 왜냐하면 그 무기력하고 지리멸렬한 속에서 도 결코 유머 감각과 용기를 잃지 않는 '현실의 인간' 조지 오웰에게서 기대 이상으로 큰 힘을 얻게 되기 때문이다.

책 속에는 인상적인 장면들이 너무도 많은데, 그중 하나만 예를 들면, 오웰 자신이 총상을 입은 사건을 기술 하는 대목이다. 그는 "총알에 맞는 경험은 아주 흥미롭기 때문에 자세히 묘사할 가치가 있을 것 같다."고 말문을 연 다. 그러고는 자신의 부상조차 노련한 작가의 자세로 흥 미진진하게 묘사한다. 총알이 날아온 순간, 총알이 목을 뚫고 나간 후의 느낌, 이어지는 마비, 피, 응급 처치 등. 그 러다 갑자기 다음 구절에서 심장이 저릿해진다. "생각해 보면 결국 무척이나 마음에 드는 세상이었다." 피거품을 물고 바닥에 쓰러진 그가 죽음을 예상하며 떠올린 문장이 었다.

눈앞에 닥친 어떤 일의 무게가 너무 클 때. 감당할 수 없을 거라는 좌절에 압도당하면 누구라도 무기력해지고 만다. 무기력은 사소하게 시작될 수 있지만 오래 지속되 면 일상을 망가뜨린다. 삶의 어느 모퉁이에서, 한 걸음을 앞으로 내디딜 용기가 나지 않는다면『카탈로니아 찬가』

를 읽어 보자. 이 책에는 인간이 겪을 수 있는 모든 종류의 실패가 담겨 있다. 그렇지만 작가 오웰은 존경심을 자아내는 유머로, 굳건하게 희망의 근거를 제시한다. "다행히 이곳은 독일이 아니라 스페인"이고 "스페인을 지배하는 것은 마냐나〔내일 아침, 나중에〕 정신"이므로, "이곳에서는 독일이나 이탈리아의 파시즘보다는 더 인간적이고 비능률적인 파시즘이 될 것이다."

과연 그것은 덤벼 보지도 않고 피해야 할 만큼 거대한 일일까? 그 무게를 스스로 과장해 두려움을 키우고 있는 것은 아닐까? 진짜로 능력 밖의 일이라면 깨끗이 포기하는 것도 충분히 괜찮은 선택일 것이다. 오늘 할 일을 내일로 미루는 '마냐나 정신'이 때로 당신의 목숨을 구할 수 있다. 어떤 마냐나는 결코 오지 않겠지만, 또 어떤 마냐나는 곧 당도할 것이다. 그러니 "은백양나무가 자라는 세상에서 살아 숨 쉰다는 것이 얼마나 좋은 일인가"를 잊지 않도록 하자. 총알이 목을 뚫고 갈지언정 부디 살아남도록. 모두에게 행운이 있기를.

금요일인데 약속이 없어서

『인간 종말 리포트』
『홍수』
『미친 아담』

누구나 각자 감당해야 할 몫의 고독이 있다. 그 고독은 때로 시련, 또는 절망, 질병이나 공허, 그리고 결국에는 늙음과 죽음의 모습을 하고 온다. 자신의 고독을 감당하지 못할 때, 인간은 타락하거나 어리석어진다. 표류자의 이야기는 고독에 지친 인간의 타락 혹은 어리석음을 클라이맥스로 보여 주고, 그것에 진실의 일면이 담겨 있기에 독자는 선뜩한 느낌을 받는다. 하지만 우리에겐 믿음이 있다. 이 세계는 그렇게 헛되이 무너지지 않을 것이다. 인간은 진화의 정점에 우뚝 올라선 지적 생명체고, 너무 늦기 전에 탈출구를 찾아낼 것이다.

저녁에 눈사람은 망루 위의 좁은 틈으로 일몰을 바라본다. 열 개의 비디오카메라 화면이 모두 켜져 있어 그것들을 통해 장관 전체를 바라본다면 얼마나 아름다울 것인가. 편안히 기대앉아 마리화나를 피우며 아주 행복하게 표류할 것이다. 스크린이 모두 꺼져 있는 탓에 그는 실제 풍경으로, 그것도 그저 일부만으로 만족해야 한다. 희미해져 가는 분홍색 빛을 받으며 저 아래에서 그를 기다리고 있는 돼지구리들은 작은 플라스틱 인형처럼 보인다. 그것들은 장밋빛 도는 순수함을 띠고 있다. 먼 곳에서 바라볼 때 그렇게 보이는 많은 다른 것들처럼. 그것들이 그가 아프기를 바란다는 것은 믿기 힘든 사실이다.

이 이야기의 '눈사람'은 지구상에 살아 있는 유일한 인간이다. 그는 높은 망루 위에 홀로 앉아 저녁놀을 바라보며 애수에 잠겨 있다. 아래로 조그맣게 보이는 장밋빛 '돼지구리'들을 피해 이 꼭대기까지 오게 되었다. 인간에게 이식할 장기 생산용 숙주로 개조되었기에 인간과 유전자를 공유하는 그 짐승은 인간의 눈빛을 가졌다. 그리고 눈사람을 잡아먹기 위해, 그가 포기하고 스스로 떨어질 때를 기다리고 있다.

눈사람은 가공할 고독에 맞서 싸우는 중이다. 믿고 싶지 않지만 믿을 수밖에 없는 일이 눈앞에 벌어졌다. 인간의 불완전성이 낳는 해악들을 혐오한, 혹은 그저 "디자인의 결함을 바로잡고" 싶은 결벽 취향의 천재 유전학자 크레이크는 철저하고 불가역적인 인간 멸종 프로젝트를 설계했다. 인간이 박멸되고 나면 크레이크가 창조한 신종족, 인간의 형상을 가졌으되 인간의 신체적 정신적 약점은 모두 소거된 완벽한 유전자 조합 생명체 '크레이커'들이 지구의 새 주인이 될 것이다. 눈사람은 멸균 돔 안에 크레이커들과 함께 남겨졌다가 멸종 바이러스가 휩쓸고 간 세상으로 나왔다.

종말 이후를 그린 대다수 소설에서 인간에게 가장 두려운 존재는 살아남은 다른 인간들로 그려지곤 한다. 극한의 생존 경쟁에 내몰린 인간의 '동물성'과, 그럼에도 여전히 인간의 '인간성'에 기대는 휴머니즘의 프로파간다. 종말 소설의 흔한 도식이다. 그러나 마거릿 애트우드의 『인간 종말 리포트』에는 인간의 가능성이 아주 없다.

이것은 시적이고 암울한 표류자의 이야기다. 종말에서 낙오한 최후의 인간은 미래 그다음의 미래, 종말 이후의 종말을 목도한다. 오존층이 완전히 파괴되어 동이 트자마자 작열하는 태양광으로 피부가 타들어 가는 화상을 입고, 매일 오후엔 천둥 번개와 함께 폭우가 천지를 후려친다. 인간이 갖가지 방식으로 유전자를 조작해 '발명'한, 위협적인 새로운 동물 종(돼지구리, 늑개, 사자양, 뱀쥐)들이 모두 풀려나 사방에 어슬렁거린다.

자신과 같은 종을 다시는 만날 가망이 없다는 것은 어떤 상태일까. 상상해 본다. 불금에 혼자 터덜터덜 집으로 퇴근해 편의점에서 사 온 즉석 떡볶이와 어제 배달 시켜 먹고 남은 만두를 데우는 저녁은 외롭다. 나의 밤이 점점 검어지고 적막해지는 사이에도 세상의 불빛은 영롱히 아득해진다. 그러나 나의 소외는 내가 더 힘껏 사랑하지 않았다는 증거일 뿐. 버려지기 전에 내가 먼저 무언가를 저버린 때가 있었을 것이다.

사는 동안 우리가 겪는 많은 힘듦이 타인에게서 오고, 우리를 살아가게 하는 많은 힘들도 타인에게서 온다. 인간은 무리 생활을 하는 동물이고, 무리를 잃은 표류자는 깜박이며 꺼져 가는 약한 등불이다. 사랑을 연습하지 않는 사람은 그 희미한 빛조차 내지 못하고 누군가의 작은 반짝임을 알아보지도 못한다.

당신이 금요일 밤의 정겨움에서 밀려났다면 『인간 종말 리포트』가 작은 위안이 되어 줄 것이다. 고독한 눈사람이 망루 위에서 이렇게 읊조리고 있으니 ── 당신에게 아직 시간이 조금 남아 있다고, 모든 것이 파괴되어 가는 중에도 인간을 지켜 내야 하는 우리의 책무는 사라지지 않는다고, 부디 안전한 곳에서 다시 인간을 사랑해 보라고.

♦ ♦ ♦

세상엔 수많은 유명 작가, 천재 작가, 인기 작가, 위대한 작가가 있지만, 마거릿 애트우드처럼 모범적인 작가는 희귀하다. 1939년 캐나다 오타와에서 태어난 애트우드는 현존하는 최고령 작가 중 한 사람이다. 그러나 1961년 첫 시집으로 데뷔한 이래 오늘날까지 그녀는 현역이 아니었던 적이 없다.

애트우드는 오십팔 년간 68종의 시집, 장편 소설, 논픽션, 단편 소설집, 앤솔러지, 동화를 펴냈고, 대학 강의와 평론을 꾸준히 해 왔으며, 매 시대마다 중요한 정치 사회 이슈에 앞장서 목소리를 내 왔다. 그리고 2019년, 여든 살의 나이로 발표한 신작 장편 소설 『증언들』은 예약 판매만으로 아마존 베스트셀러에 등극했으며, 작가에게 두 번째로 부커 상을 안겨 주었다.(첫 번째 부커 상은 2000년에 『눈먼 암살자』로 받았다.)

한창 물오른 전성기 작가의 행보를 오십팔 년째 변함없이 보여 주다니, 마녀가 아니고서야 어떻게 이럴 수가. 정말로 애트우드는 『오즈의 마법사』에 나오는 '북쪽 마녀' 처럼 뾰족한 코 위에 고깔모자를 얹고 주문을 외면 글자가 나타나는 석판을 갖고 있을 수 있다. 하지만 그녀가 마녀건 아니건, 분명히 짚고 가야 할 문제가 하나 있다. 그녀의 이름 앞에 종종 붙는 수식어 '캐나다 최초의 페미니스트 작가'는 소설가로서 애트우드의 성취를 저평가하는 나쁜 표현이다. 애트우드는 그냥 최고의 작가 중 한 사람이고, 당신이 남자건 여자건 작가를 꿈꾼다면 애트우드처럼 쓰겠노라 결심해도 좋을 만큼 훌륭한 롤 모델이다.

『홍수』는 『인간 종말 리포트』와 같은 시간대, 다른 장소에서 벌어진 사건들을 다루지만, 더 비천하고 더 가망 없는 조건에 놓인 여자들에 초점을 맞춘다. 여러 여자(나이 든 여자, 중년 여자, 젊은 여자, 어린 여자)들의 서사가 나란히 진행되는데, 그 중심에는 "무미건조한 마녀"로 불리는 토비가 있다. 그녀는 "안팎으로 가죽같이 단단"하고, 아무도 그녀를 "울릴 수 없"으며, "우리가 스스로를 책임지게" 만드는 여자다. 그래서 사람들은 "토비를 더 많이 신뢰했다. 케이크보다는 바위를 더 많이 신뢰하는 법"이니까.

그녀들에게 바위가 필요한 이유는, 그곳이 멸망을 향해 한 걸음 먼저 달려가고 있는 '망나니들'의 세계기 때문이다. '평민촌'이라 불리는 이곳은 상류층 과학자들이 개발해 낸 온갖 제품, 의약품, 서비스 들을 무한정 소비하기만 하는 쓰레기 시장이다. 여기서는 인간도 쓰레기의 일부다. 이런 곳에서 살아남으려면 자신을 지킬 줄 알아야 한다.

공공 안전을 보장하는 경찰이 무력화된 후로, 과학 기술을 독점한 자들은 평민촌에서 쓸어 담은 돈으로 안전을 구매하기 시작한다. 그들은 방벽을 쌓아 오염된 세계로부터 스스로를 격리시키고 정화된 구역 안에 정주한다. 방벽의 안정화가 정점에 가까워질수록 평민촌의 엔트로피는 최대치에 이를 것이다. 말하자면 『홍수』는 권력과 폭력의 상호 작용에 관한 소설이고, 파괴와 치유의 투쟁에 관한 소설이다. 그 혼돈의 대격돌이 멸종을 꿈꾸는 크레이크 같은 돌연변이를 발생시켰다.

그러나 인간이 디자인한 종말에는 피치 못할 '인간적 결함'이 있다. 유사 이래 세상에는 천재가 이해할 수 없는 아둔하고 뒤떨어진 인간들이 늘 존재해 왔다. 그들은 과학과 문명의 진보에 역행하여 제 손으로 직접 땅을 파고 열매를 주워 먹고산다. 극강의 쾌감을 선사하는 기적의 알약 같은 건 거들떠보지도 않고, 추레한 육신이 허락하는 만큼만 가련하게 살다가 흙으로 돌아가겠노라는 못난 이들. 좋게 말하면 생태(채식, 환경)주의자들이고, 사실을 말하면 넝마주이(반체제자, 밀교도)들이다. 지적 사고력이 떨어지는 이들 '신의 정원사들'에게는 크레이크의 바이러스를 주입할 방법이 없다. 멸종 바이러스는 기적의 알약에 들어 있으니까. 그래서 그들 중 일부가 살아남는다. 각자, 뿔뿔이 흩어진 채, 서로 다른 곳에서.

그래도 누군가는 살아남았을 것이다. 이 세상에 토비만이 유일한 생존자일 수는 없다. 분명 다른 사람들이 살아 있을 것이다. 하지만 친구일까 적일까? 누군가를 만난다면 어떻게 그걸 알 수 있을까?

홀로 살아남은 이는 고독과 두려움 속에서 자신이 유일한 생존자일 거라고 믿는다. 그리고 희망과 절실함으로 선의와 사랑을 잃지 않은 또 다른 생존자를 바란다. 원시 정글에서 마주친 누군가에게 나는 선의와 사랑을 나눠 주는 멍청이인가 아니면 먼저 총을 쏘는 비열한인가. 『홍수』를 읽으며 스스로를 돌아보는 사이 토요일이 엉금엉금 지나간다.

◆ ◆ ◆

느지막이 눈을 뜨자마자 허둥거리며 간밤에 읽다 덮

어 둔 책을 다시 펼친다.『인간 종말 리포트』와『홍수』의 생존자들 이야기, 삼부작의 완결편『미친 아담』이다. 죽음에서 삶 쪽으로 훨씬 가까워진 눈사람, 토비, 젭, 렌, 아만다, 그리고 여러 신의 정원사들과 오색찬란한 크레이커들에게서 활기가 느껴진다. 여기에 앞선 사건들의 미스터리가 풀려 나가는 시원함이 더해져, 묵직한 분량임에도 페이지는 속도감 있게 넘어간다. 달음박질하던 시선이 우뚝, 다음 문장에서 멈춘다.

> 햇살이 그녀를 잠에서 깨운다. 그녀의 칸막이 방 창문을 통해 스며드는 햇살이. 새들의 노랫소리, 크레이커 아이들이 뛰노는 소리, 모헤어 양의 울음소리. 불행하거나 슬픈 일은 하나도 없다.

그렇다. 이것은 불행하거나 슬픈 이야기가 아니다. 인간은 살아 있고, 자연은 묵묵히 자신의 일을 해 나가고, 혼돈은 서서히 잦아들고 있다. 자의나 선택은 아니었대도, 이미 도래한 미래가 이러하다면 이 또한 괜찮지 않은가. 자연의 눈으로 보자면, 이 행성에 남을 최후의 종이 반드시 인간이어야 할 필요는 없다. 생명으로 푸르기만 하다면 지구는 지속 가능하다. 고대의 신들처럼 해맑고 다른 모든 동물들처럼 벌거벗은 크레이커가 야생을 회복한 지구의 주인이 되어도 좋겠다……? 크레이크의 미친 아이디어에 나도 모르게 설득된 건가.

인간은 만물의 영장이지만, 세계를 인식하는 데 있어서는 편협한 이분법에 손쉽게 빠져들곤 한다. 빛/어둠, 선/악, 삶/죽음, 자연/문명, 피/아. 그러나 세계의 실제에는 언제나 중간 지대가 있다. '미친 아담' 삼부작은 그 틈새에서 어떻게 새로운 종의 양치식물이 돋아나는가를 이야기한다. 이렇게 싱그럽고 컬러풀한 종말 소설은 본 적이 없다.

3부

연결되어
있다는 것

남 욕이 하고 싶을 때

『인간 실격』
『밀크맨』
『위대한 개츠비』

열아홉 살 겨울이었다. 박완서의 단편 소설에서 어떤 구절을 읽고 간담이 서늘해졌다. '나이 들어 세 가지 즐거움이라면 마음 맞는 친구들과 맛있는 음식을 먹으며 남의 험담을 하는 것이다.'(정확한 문장은 기억나지 않는데, 마침 제목도 기억나지 않아서 인용 부호는 쓰지 못하겠다.) 큰 충격과 더불어 어쩐지 후련한 마음, 그리고 양심의 가책까지 동시에 안겨 주는 내용이었다. 어른이 된다는 건 심술이 느는 것인가. 한동안 의문과 걱정이 뒤섞인 불편한 감정에 시달렸다.

삼십 년쯤 더 살았더니 박 선생님 말씀이 참 옳은 걸 알겠다. 젊을 땐 친구는 있는데 돈이 없어서 맛있는 걸 못 먹고, 늙어서는 비싼 음식 시킬 돈이 있어도 마음 맞는 친구가 남아 있지 않다. 그러니 노인이 돼서 돈도 많고 친구도 많아 근사한 식당에서 귀한 거 먹고 마시며 남 욕을 실컷 할 수 있다면 최고로 팔자 좋은 인생이겠다.

그래서 이런 행운을 차지하지 못한 우리가 언제나 꾸준히 할 수 있는 것은 험담밖에 없다. 그다지 잘못한 것 없는 우리들끼리 아늑하고 안전하게 공유하는 작은 악의. 이런 것이 계속 쌓여 점점 불어나면 누군가의 삶을 끝장낼 수도, 정말로 타인을 죽음으로 내몰 수도 있다.

『인간 실격』은 세상 모든 인간이 두렵고 자신이 인간인 것조차 무서웠던 "겁쟁이" 요조가 사회로부터 서서히 밀려나 끝내 부서지고 마는 이야기다. 요조의 '실격'을 한 개인의 기질로, 나약한 마음 탓으로 치부해 버리기는 쉽다. 이 작품에 공감하는 사람들 대다수도 요조가 세상에 대해 느끼는 공포에서 동질감을 찾는다. 자신도 요조처럼 자학을 은폐하기 위해 "익살꾼"을 자처하며 살아가고 있다고 생각한다.

그렇지만 소설을 자세히 읽어 보면 요조를 진짜로 망가뜨리는 것은 타인들의 소소한 악이다. 그의 여린 심성을 이용해 이득을 취하는 주변인들, 그의 실패를 결코 받아들이지 않는 가족들, 그의 연약함을 죄로 만들어 버리는 타인들. 요조의 부도덕은 그들 모두의 부도덕이 합해진 결과다.

"풀밭에서 느긋하게 잠자고" 있는 소는 목가적이다. 하지만 그런 소조차 가끔은 "꼬리로 배에 앉은 쇠등에를 탁 쳐서" 죽인다. 대수롭지 않은 말 한마디, 가볍게 지나쳐 버린 무관심, 별 생각 없이 한 행동 하나로 우리는 의도하지 않았으나 누군가를 해칠 수 있다.

◆ ◆ ◆

소설 『밀크맨』은 우화의 형식을 취하고 있다. 구체적인 시대도 지명도 없고, 등장인물들은 모두 예명으로 불린다. 핵소년, 알약소녀, 아무개의 아들 아무개, 어쩌면-남자친구, 밀크맨, 진짜 밀크맨.

작가가 이 이야기를 알레고리화한 까닭은 소설의 상황이 작가의 삶에서는 매우 현실이기 때문이고,◆ 그럼에

◆   애나 번스는 『밀크맨』으로 북아일랜드 출신 최초의 부커 상 수상자가 되었다. 이것의 의미는 바깥 사람들인 우리로선 별스럽지 않을 수 있다. 하지만 잉글랜드가 북아일랜드의 통치권을 차지한 16세기 이래로 그곳은 정치와 종교의 논리가 완벽하게 하나로 합해진, 대립하는 두 세력 간 전쟁이 한순간도 멈춘 적 없는 땅이다. 심지어 영국 국교도인 통일민주당파는 앵글로 색슨의 후손이고, 구교 가톨릭인 신페인당파는 켈트족의 후예인 토착 아이리시라서, 그들의 갈등은 부족 간 전쟁이기도 하다. 다수인 전자는 영국의 일부로 머물길 원하고,

도 누군가/무언가를 고발하거나 폭로하고자 쓴 것이 아니기 때문이다. 『밀크맨』은 엄청난 흡인력을 갖는 소설이지만, 그렇기 때문에 더더욱 이 작품이 특정 시대, 특정 지역, 특정 인간들의 이야기로 머물러선 안 된다. 그러면 그것은 나나 우리가 아니라 '그들'의 이야기로 치부될 테니까. 작가는 이 사실을 누구보다 잘 알고 있어서 이렇게나 희한한 방식으로 소설을 썼다.

길 하나를 사이에 두고 이쪽과 저쪽으로 나뉜 세상은 십일 년째 전쟁 중이다. 각자는 '우리'거나 '저들' 중 한쪽에 속해야 한다. 중간이거나 잘 모르거나 아직 모르겠다면, 적어도 그 사실을 남에게 들켜선 안 된다. '나'는 받아들여지지 않으므로 내 생각, 내 의견, 내 취향, 내 마음은 없는 것처럼 행동해야 한다. 남자들은 무장하고 남자답게 돌아다니고, 여자들은 전통에 따라 여자답게 살아간다. "'내가 이렇게 말하면 폭력을 지지하는 걸로 보일까' 따위의 자의식을 동원할 시간이 없었고 **누구나** 그런 사정을 이

소수인 후자는 아일랜드로의 독립을 원한다. 소설은 IRA(아일랜드공화국군, 가톨릭독립주의자들의 무장단체)의 과격 시위와 테러가 일상처럼 되풀이되던 1970년대 벨파스트를 연상케 하지만, 굳이 정치적 함의로 해석하려는 시도는 불온하며, 경계할 필요가 있다. 번스는 2003년 고향 벨파스트를 떠난 이래 지금껏 영국 이곳저곳을 전전하며 살고 있다.

해했다." 규칙은 늘 불문율이지만 어겼을 시 돌아오는 처단은 즉각적이고 물리적이다. 머리통이 날아가거나 독을 마시게 되거나 상도를 벗어난 부적응자로 낙인찍혀 "다른 부적응자들과 함께 가장자리로 밀려나"거나.

그런 세상에서, 열여덟 살 소녀가 마흔한 살의 거물급 테러리스트와 몇 마디 대화를 주고받는다면, 그다음은 어떻게 되나. 실제로는 우유를 배달하지 않는 밀크맨〔우유 배달부〕이 어느 날 차를 멈추고 길 가던 소녀에게 태워주겠다는 제안을 한 즉시, 소녀는 유부남의 불륜녀로 소문이 난다. 성중독자인 첫째 형부가 행실 운운하며 변태적인 충고를 하고, 딸이 열여섯이 넘었는데도 결혼하지 않았다는 사실에 분통을 터뜨리던 엄마는 테러리스트의 첩이 될 작정이면 차라리 처가 되라고 소리친다.

온 동네 여자들이, 남자들이, 애고 어른이고 너 나 할 것 없이 쑥덕거린다. 걔가 밀크맨의 여자라며? "사실과 소문은 아무 상관이 없었다. 내가 정기적으로 그와 만나고 다양한 '쩜쩜쩜' 장소에서 친밀한 '쩜쩜쩜'을 가진다고들 했다." 소녀가 느끼는 수치와 공포에는 아무도 조금도 관심 갖지 않는다.

이곳에서 '잘못'은 모두 '네 잘못'이다. 엄마는 아빠의 우울증을 '잘못'이라고 하고, 나를 스토킹하는 아무개의 아들 아무개는 자기를 거절한 게 '잘못'이라고 한다. 나의 가장 오래된 절친은 밀크맨의 암시적이거나 명시적인 위협과 추행을 듣고서는 "네가 자초한 거야."라고 한다. 우리네 상황에선 밀크맨이 사제 폭탄을 지니고 다니는 건 더할 나위 없이 정상이지만, 길을 걸으면서 책 읽는 소녀는 비정상을 넘어 공공 정신에 위배되는 위협적인 존재다. "다들 힘을 합해야 하는 상황에서 뭐 하러 너 자신한테 주의를 끄니?" 이 불통의 세계에서 믿을 게 아무것도 없는 어리고 고집 센 십 대는 어떻게 계속해서 자기 자신으로 생각하고 살아가며 성장할 수 있을까.

인간은 확고한 물질세계와 시스템 안에서 사회화된 존재로 살아가지만, 각 개인은 거의 대부분의 문제에 대해 모호하고 어렴풋한 상태에 머물며, 그 불분명함이 개인성의 특질이다. 그리고 그러한 아스라함을 허용할 때에만 개성은 발현된다. 타의에 의해 개인성이 획일화되는 것, 구성원들 모두가 명명백백하게 공동체의 색깔로 살도록 강요당하는 것, 각자 다를 수 있음을 인정하지 않는 것은 그 대의가 아무리 시급하고 정당하고 우리 편을 위한 일이라도, 전체주의다.

이곳의 필부필부는 정치적 문제가 허락하는 범위 안에서 최

대한 평범한 민간인의 삶을 살고자 했으나, 우리 명예를 맡아 관리하는 사람들의 대의를 위해 동원하는 수단이 과연 도덕적으로 올바른지 확신할 수가 없으므로 불안을 느꼈다.

그러니까 『밀크맨』이 진짜로 하려는 이야기는 이것이다. 당신의 정치적 종교적 사상적 관습적 올바름이 곧 당신의 윤리적 올바름의 증거는 아니다. 통념과 상식은 진실과는 무관하다. 유익함은 도덕과 구분되어야 하며, 개인의 희생을 당연시하는 대의는 정당성을 가질 수 없다.

문학은 오늘날 다른 어떤 미디어와도 경쟁하지 못한다. 소외된 사람들의 목소리를 대변하거나, 이른바 '선한 영향력'을 발휘해 행동의 변화를 가져오는 사회적 기능도 상실한 지 오래다. 이제는 그저 엔터테인먼트로 즐길 만한 축에도 못 낀다. 영화 만화 드라마에 유튜브까지, 세상 구석구석 별별 사람들의 이야기를 손쉽게 엿볼 수 있는 수단은 흔해졌다. 이런 시대에 책을 읽는 사람으로 머무는 게 가끔은 부끄럽고 종종 초라해진다.

그렇지만 드물게나마 문학의 고유한 힘을 확인시켜 주는 작품이 나타나기도 한다. 『밀크맨』이 그런 경우다. 이 소설을 다른 형태의 미디어로 경험한다면 기억에서 지우고 싶을 만큼 끔찍한 드라마가 될 것 같다. 그렇다고 적절히 수위를 조절해 흥미롭거나 자극적인 스토리로 각색한다면, 그건 옳지 않다고 느낄 것이다. 이 소설에 등장하는 불쾌하고 사악하고 위험한 타인들은 다른 누군가나 무언가를 위한 소재가 아니다. 안전한 곳에서 구경꾼으로 머물면서 격분할 '토픽'이 아니다. 이것은 남들 얘기지만, 지금 이 순간에도 내가, 가해자건 피해자건 방관자건, 당사자로 벌어지고 있는 일이다.

물론 『밀크맨』이 친절한 소설이라고는 하지 않겠다. 우리는 흔히 소설에서 감성적emotional 요소를 기대한다. 그게 센티멘털리즘이건 휴머니즘이건 낭만적 영웅주의건 간에. 왜냐하면 소설이 원래 그런 욕구를 충족시키는 장르라고 배웠기 때문이다. 이런 관습적 태도는 마치 완벽하게 고립된 생태계를 간직한 갈라파고스 제도에 가서 멸종된 원시 생명체들의 모습을 근사하게 재현해 낸 세밀화를 바라는 19세기의 독자와 같다.

그러나 애나 번스는 코끼리거북을 관찰하여 '자연선택에 의한 종의 기원'을 밝혀낸 다윈이 그랬듯이, '폭력이 일상화된 사회에서 개인은 어떻게 타인에 대한 공포를 넘어서는가'를 개념적으로 탐구함으로써 여하간의 사회학 심리학 윤리학 인간행동연구 이론들을 모조리 능가해 버린다. 『밀크맨』은 오로지 문장만으로 개인과 집단과 세계의 모든 세부 사항을 훼손하지 않고 전달한다. 따라서 강철처럼 명랑한 이 우화는 온전히 개인 각자의 반성적 사색 속에서 문장으로 경험되어야 한다.

애나 번스는 지금껏 단 세 작품만을 썼고, 그녀의 나이는 올해 벌써 58세다. 번스가 부커 상을 받은 직후에 한 인터뷰에 따르면, 그녀는 수술 후유증으로 생계를 위한 노동은 고사하고 일상생활을 해 나가기도 어려울 정도의 극심한 허리 통증을 겪고 있다. 『밀크맨』을 쓰는 사 년 동안 번스는 가끔 남의 집을 봐 주고 받는 약간의 돈을 제외하면 수입이 거의 없었고, 끼니는 푸드뱅크〔소외 계층을 위한 무료 식사제공 서비스〕를 통해 해결했다. 그 지경에도 죽지 않고 살아 줘서 너무 고맙다.

번스가 수상 소감으로 남긴 첫 마디는 "돈을 낼 능력이 있다는 건 근사한 느낌이네요."였다. 그녀의 다음 소설을 언제쯤 읽을 수 있을지 모르겠다. 하지만 그녀가 더 이상 쓰지 못한다고 해도 괜찮다. 이미 충분하고도 넘치는 한 권을 이뤘으니. 부디 안녕하시길.

◆◆◆

제이 개츠비는 실패할 수밖에 없는 조건에서 태어나 실패할 수밖에 없는 환경에서 성장했지만 성공을 향한 꿈을 버리지 않았다. 뜨거운 열망을 쉼 없이 풀무질하여 열기구처럼 부풀어 오른 개츠비는 영영 닿을 수 없을 것만 같던 맞은편 해안에 기어코 도착한다. 개츠비가 위대한 첫 번째 이유다.

무일푼 청년 제이는 부잣집 딸을 사랑했다. 제이는 진심이었지만 여자는 잠깐의 연애였을 뿐. 그녀는 시카고에서 가장 부유한 남자와 결혼한다. 사랑을 되찾기 위해 필요한 것이 돈이라면, 나도 부자가 되겠다. 뉴욕 롱아일랜드에 으리으리한 별장을 사고 밤마다 경이로운 불꽃놀이 파티를 벌이면 그녀가 나를 다시 찾아 주지 않을까. 이렇게 결심한 개츠비가 온갖 위법을 저지르며 목표에 가까워지는 데는 오 년이라는 시간이 걸린다. "그럴 가치가 없는 여자에게" 집념에 가까운 사랑을 바치는 헌신. 개츠비가 위대한 두 번째 이유다.

개츠비를 진정 위대하게 만든 세 번째 이유는 타인들의 악이다. 물론 우리는 모두 각자 자신의 필요와 욕망에 충실할 뿐이다. 나의 쾌락과 안위를 먼저 챙기는 마음은 자연스럽다. 그러나 불법마저 외면하는 이기심은 인간의 도덕을 포기한 짐승의 자연이다. 개츠비에게 살인죄를 뒤집어씌우고 귀찮은 일을 해치우듯 도피해 버린 상류층 부부는 추악하다. 그리고 개츠비의 집에서 개츠비의 돈으로 공짜 술과 파티를 즐기며 개츠비를 험담했던 모두는 공범이다.

"그 인간들은 썩어 빠진 족속이오. 당신 한 사람이 그들 모두보다 훌륭합니다." 개츠비에게 이 말을 해 주는 중산층 지식인조차 괴물은 아닐지언정 공모자였던 점은 부인하기 힘들다. 도저히 불가능해 보이는 처지에 있는 누군가가 혼신의 노력으로 '그래도 계속해 보겠다'고 말할 때, 나는 그를 냉소하거나 회의하거나 수수방관하지 않고, 그의 전력투구를 진심으로 응원해 줄 마음의 힘을 가졌을까.

세상이 진흙탕이고, 서로가 서로의 얼굴에 진흙을 바르고 있는 중에도, 누군가 어떤 순정만은 끝까지 지켜낸다면, 그것은 기적이다. 『위대한 개츠비』는 인간의 악의를 극복하고 싶은 작가의 야심이 그려 낸 허구다. 하나, 그런 환상마저 잃어버린다면 우리의 인간됨은 무엇으로 지켜낼 수 있겠는가.

다음 연애는 망하지 않도록

『젊은 베르테르의 슬픔』
『참을 수 없는 존재의 가벼움』

필망必亡의 연애법──사랑할 때 절대 하면 안 되는 53가지 행동. 이런 제목의 책을 써 볼까 진지하게 고민한 적이 있다. 53번째로 남자에게 차인 후였다. 참 꾸준히도 망해 왔구나. 이쯤 했으면 그만 끝낼 때가 됐어. 평생 혼자 살다 고독사할 것을 내다보고 상조에 가입했다. 어언 십수 년 전의 일이다. 상조회비 납입 만기는 아직 몇 년 남았는데, 그래도 이제 장례 걱정은 덜 하고 산다.

이루어지는 사랑에는 문외한일지언정 망하는 연애만은 잘 안다고 자부하고 있다. 망하는 연애의 대표적 특징은 감정의 일방성 혹은 불균형이다. 애초에 실패가 예정되어 있는데 당사자만 이 사실을 모른다. 일방적 사랑은 대개 일방적인 이야기를 만들어 내기 마련. 혼자 하는 사랑이어서 '사랑에 관해 말하는 것'밖에 달리 할 수 있는 일이 없다.

젊은 날의 열병 같은 사랑을 다룬 책은 허다하지만 『사랑의 단상』을 능가하는 책은 없다고 감히 말하겠다. 프랑스의 기호학자 롤랑 바르트는 이 책에서 사랑에 빠져 허우적대는 사람에게 한 줄 한 줄 경전 같은 깨달음을 준다. 남들 연애하는 꼴은 왜 다 보기가 싫은 것인지,("나를 제외한 모두가 정착한 사람들이다.") 그는 어째서 내게 반하지 않는 건지,("그 사람은 나를 사랑하지만 다만 고백하지 않을 뿐이라고, 나는 믿는다.") 틀림없이 지금 너무 바빠서 이모티콘 하나 보낼 시간이 없는 걸 거야,("기다리는 존재, 그것이 바로 사랑하는 인간의 숙명적 정체다.") 대차게 차였는데 그래도 한 번 더 잡아 볼까,("사랑하는 사람이 스스로에게 말한다, 당신을 사랑하지 않으려 애쓰고 있다고.") 환승한 쓰레기를 어쩌자고 못 잊는 것인지…….("내 러브 스토리를 써 줄 이는 오직 그대뿐.")

그러나 안타깝게도 사랑의 연금술이 담긴 이 비법서는 지금 사랑의 구렁에서 신음하는 사람에게 내려 줄 구원의 동아줄 같은 책은 아니다. 왜냐하면 『사랑의 단상』은 괴테의 『젊은 베르테르의 슬픔』에 나타난 연정戀情의 속성을 언어학과 정신분석학으로 재해석한 비평 에세이여서, 소설 속 남녀의 사정을 모르고 읽으면 부작용이 있다. 맥락 없는 자문자답에 어안이 벙벙해지거나 화려체 문장들의 풍성한 거품에 취해 멀미가 나거나. 따라서 이 아름다운 책을 끌어안고 아파하기 위해서는 먼저 『젊은 베르테르의 슬픔』을 읽어야 한다.

자신만만한 청년 변호사 베르테르는 친척 아주머니의 유산을 상속받기 위해 어느 소도시에 가게 되는데, 그 곳에서 샤를로테라는 처녀를 보고 단숨에 반한다. 하지만 로테에겐 정혼자 알베르트가 있었으니……. 베르테르는 고백도 포기도 못 한 채 로테와 알베르트가 부부가 된 후에도 둘 사이를 맴돌며 절망한다. 그리고 솟구치는 사랑의 열기를 다스리려고 친구에게 줄기차게 편지를 써 징징댄다. 소설은 베르테르의 1년 8개월 치 실연 일지를 묶어 그의 사후에 출간하는 형식을 취한다.

요즘 독자들에게 베르테르는 감정 과잉에 충동조절장애 환자로 보일 수 있다. 그의 자살은 비탄이나 연민을 불러일으키기보다 어리석은 집착의 말로로 여겨질지 모른다. 그럼에도 이 작품이 대단한 이유는, 맨 정신으로는 제아무리 냉소할지언정 막상 사랑에 빠지고 나면 누구라도 예외 없이 절절하게 다가오는 소설이 되기 때문이다.

첫눈에 반한 상대와 황홀한 시간을 보내고 돌아와 친구에게 이렇게 고백할 때. "그 이후로도 해와 달과 별은 고요히 제 할 일을 했겠으나, 나는 낮도 밤도 알지 못했지. 온 세상이 내 주위에서 사라져 버린 거야."

또는 그/그녀를 떠올리며 말 없는 속에서조차 행복에 겨워 허공에다 외칠 때. "오, 내가 아는 것들은 남들도 다 알겠지만, 이 내 마음만은 나 혼자의 것이라오."

그리고 사랑의 불가능성을 거듭 확인한 후 고통 속에서 중얼거릴 때. "때때로 나는 스스로에게 말한다. 네 운명은 독보적이구나, 그토록 번민에 시달린 자가 없었으니, 운이 좋았다고 남들은 평할지도 모르겠다. 나는 너무 많이 아파해야 했다! 아아, 이다지도 비참했던 이가 나 이전에 또 있었을까?"

지금 사랑으로 아픈 사람이라면 누구든 베르테르가 된다. 『젊은 베르테르의 슬픔』을 읽고 전율하는 것은 사랑하는 자의 특권이다.

사랑의 방식만큼 유행에 민감한 것도 없다. 중세의 사랑법과 고대 로마의 사랑법은 서로를 이해하지 못한다. 근세의 부부는 배우자의 애인을 태연히 받아들였고, 산업화 시대는 일부일처제를 보편적 법률로 승인했다. 사랑에 빠진 사람들은 자신의 마음이 이해타산과는 무관한 순수한 열정이라 하지만, 서로의 사랑을 확인하고자 할 때는 그 형식과 절차가 시대의 경향에 부합해야 한다고 주장한다.

이것은 생각할수록 의아한 일이다. 어째서 연인들은 '요즘 유행하는' 것들을 함께하려 하고, '요즘 유행하는' 방식으로 사랑을 입증 받고자 하는가. 왜냐하면 사랑이 온전히 감정에만 머물면 그것은 머지않아 욕구와 거의 구분할 수 없게 돼 버리기 때문이다. 사랑을 가치 있는 감정으로 승화시키는 것은 시대정신에 발맞춰 행동하려는 의지다. 나는 너를 위해 사망의 위험을 무릅쓰고 멧돼지를 잡아 올 수 있다. 나는 네가 먼저 죽더라도 평생 수절하며 살 수 있다. 나는 너를 위해 아파트 전세금을 모아 놨다. 나는 너를 위해 아이를 낳고도 계속 맞벌이할 각오가 돼 있다 운운.

『참을 수 없는 존재의 가벼움』은 20세기를 풍미한 이원적二元的 사랑의 방식을 선명히 보여 주는 작품이다. 주인공은 토마스와 테레사, 사비나와 프란츠, 두 커플이라 할 수 있는데, 이들은 각기 서로 상반되는 지향을 갖고 있다. 탈주 대 순응, 드라마 대 일상, 비밀 대 폭로. 누가 어느 쪽이냐고? 그 점이 교묘한데, 쿤데라는 특정 속성을 어느 한 인물에만 전적으로 부여하지 않는다. 그 결과 모든 인물은 서로가 서로에게 대위법적으로 맞물려 명확히 구분 지어지지 않는다.

대위법은 쿤데라가 각별히 사랑하는 음악/플롯 형식으로, 완전히 독립적인 두 선율/인물을 각 개성을 그대로 유지한 채 조화롭게 결합시켜 화음을 이루게 하는 작곡법/구성법을 가리킨다.(음악에서 대위법의 완성자는 J. S. 바흐로 일컬어진다.) 달리 말하면, 무지막지하게 고집 세고 절대 안 어울릴 것 같은 두 사람이 기어코 자기 방식을 고수하면서 끝까지(죽을 때까지) 서로 사랑하는 이야기랄까. 이들의 사랑법은 책을 읽지 않고 설명만 들어서는 쉽사리 납득되지 않는데, 원래 연인들 사이의 일이란 겉으로 보이는 게 전부가 아니다.

소련의 프라하 침공과 체코의 공산화 과정을 고발하는 작품으로 낙인찍혀 쿤데라는 이 소설의 초판을 모국 체코에서 출판하지 못했다. 러브 스토리와 정치가 이렇게까지 긴밀하게 엮여 있는 소설도 보기 드물 것이다. 그런 점에서 『참을 수 없는 존재의 가벼움』은 전형적인 20세기 소설이다. 하지만 이 작품이 시대를 초월해 유효한 부분이 있다면 아마 이런 메시지일 테다. 사랑은 적나라함을 넘어서는 '직시'를 요구한다. 사랑은 술 먹고 하는 진실

게임이 아니다. 그보다는 더 큰 결단, 자신의 삶이 누군가와 촘촘히 이어지는 상태를 받아들이겠다는 선언이 필요하다.

그러니 제발 서로 그렇게까지 다른 사람들끼리는 그렇게까지 사랑하지 말도록 하자. 그들의 결말이 희극이든 비극이든 로맨틱하게 보이는 이유는 소설이라서고, 현실의 인간은 이런 상황에 놓이면 이 징글징글한 사랑, 그놈의 정 때문에, 이러면서 지지고 볶다가 찌질하게 헤어지고 만다. 자신의 마음이 사랑에 대해서조차 그리 강하지 않다는 사실을 받아들여야 한다. 그리고 고백은 빨리하고 빨리 차이는 게 낫다. 응답 없는 사랑에 매달려 낮과 밤을 흘려보내는 사이에도 내 인생은 계속 줄어들고 있다. 그러고 보니 예전에도 이 책을 읽고 이런 결론을 내렸던 것 같다. 그래서 매번 차였을 것이다.

싸우러 가기 전에 읽어 둘 책

『저물녘 맹수들의 싸움』
『소크라테스의 변론』
『카라마조프가의 형제들』

나를 오래 봐 온 친구가 진심으로 해 준 조언이 있다. "너는 입 다물고 있을 때가 제일 무서우니까 싸울 일이 있으면 최대한 말을 하지 마." 응, 그래……. 그런데 언제까지 묻어 두고 있어야 하는 걸까? 침묵으로 버티기만 해선 싸움이 안 되지 않나? 아 뭐야, 제일 피곤한 게 신경전인데. 그냥 확 화해를 해 버려? 포식자가 되지 못하는 인간에게 싸움은 인생의 크나큰 시련이다. 그래서 자꾸만 음지에서 싸움의 기술을 연구하게 된다.

병법의 바이블이라 일컬어지는『손자병법』의 핵심은 '승자는 이기는 싸움을 한다'는 거다.(원문은 '승병선승이후구전勝兵先勝而後求戰'이다.)◆ 이길 수 있는 묘수를 마련한 뒤

◆　　『손자병법』, 손무, 유동환 옮김, 홍익출판사, 2005

에 싸움에 임한다는 건데, 그렇게까지 치밀하지도 집요하지도 못하다면 결과는? 막무가내로 덤벼 봤자 어차피 넌진다. 아니면 지는 것보다 못한 선택을 하게 되거나.

과장된 두려움, 지나치게 방어적이거나 비굴할 정도로 타협적인 태도, 현실을 왜곡하는 부정적 판단들 속에서 무너져 가는 패자의 심리를 절묘하게 스케치한 블랙코미디가 있다. 『저물녘 맹수들의 싸움』은 1986년 12월 5일 금요일 저녁 17시 47분, 파리의 한 다가구 주택에서 시작된다. 서른세 살의 싱글남 샤를 퀴블리에는 이곳에 셋집을 구하러 온다.

그는 열려 있는 출입문을 지나 엘리베이터를 타고 건물주가 사는 5층으로 올라간다. 그런데 엘리베이터가 4층과 5층 사이에서 멈춰 버린다. 정확히는 샤를의 코가 5층 바닥과 수평을 이루는 위치에 섰다. 성공한 광고인이자 냉철한 비즈니스맨인 샤를은 "하찮은 엘리베이터 사고"에 여유를 잃지 않고 빙그레 웃어 보인다. "최악의 사태는 기껏해야 조금 기다려야 한다는 것뿐"이니까.

디지털 세대 독자에겐 소설의 대전제가 생소하겠지만, 이때만 해도 휴대 전화가 상용화되기 전이었다. 즉, 샤를은 누군가가 그를 위해 다른 누군가를(수리공이건 응급구조대건) 불러 주지 않으면 자력으로는 그 안에서 나올 수 없다. 문제는, 금요일 저녁 파리라는 것. 이 시간에 엘리베이터 수리공을 부르는 건 불가능하다. 하늘이 두 쪽이 나도 5시면 모두들 퇴근해 버리고 월요일 오전까지 연락 두절이니까. 게다가 1919년에 만들어진 골동품 엘리베이터를 수리할 수 있는 노장이 과연 파리 시내에 몇이나 될는지.

건물주인 발메르 부인은 신원을 알 수 없는 낯선 남자를 꺼내 주기 위해 24시간 응급 구조대가 자신의 엘리베이터를 망가뜨리는 재산상 손해를 원치 않는다. 따라서 샤를이 (관棺으로도 쓰이는 목재인) 떡갈나무로 내벽을 두른 앤티크한 허공의 응접실에서 주말을 보내야 하는 것은 피치 못할 사정이다.

처지가 딱하게 됐지만, 다행히 젊고 아름다운 과부 발메르 부인은 사려가 깊다. 그녀는 자신의 엘리베이터를 무단 점거한 외부인을 위해 최대한의 호의를 베푼다. 식사를 넣어 주고, "뚜껑 달린 도기 변기"라고 번역된 '요강'과 담요도 선물한다. "사람은 짐승이 아니니까" 말이다. 그래도 어쩐지 유럽의 고풍스러운 엘리베이터답게 창살문이 쳐진 그 공간은 아주 큰 새장 또는 동물원 우리처럼 보인다.

샤를의 소망과는 달리, 저물녘에 엘리베이터에서 시

작된 맹수들의 싸움은 장장 삼 주에 걸쳐 계속된다. 샤를
은 12월 24일 자정 무렵 가까스로 탈출에 성공하지만, 스
코어는 샤를의 완패. 노회한 늑대라 자처했던 이 사내는
어째서 싸움에서 지고 말았나. 왜냐하면 그가 자기 자신
을 과대평가했고,(그는 매력적인 수컷이 전혀 아니다.) 적
의 정체를 오인했으며,(샤를은 마담 발메르가 표범이라고
확신했지만 그녀는 실은 전갈이었다.) 전세를 정확히 읽어
낼 판단력이 부족했기 때문이다.(그녀는 샤를과의 재혼을
원해서 일부러 그를 감금하고 있는 미저리가 아니다.)

소설은 읽어 갈수록 점입가경의 암울한 상황이지만,
요지는 이거다. 독불장군은 결코 승자가 될 수 없다. 지극
히 피상적인 인간관계만 맺어 온 샤를은 그를 도와줄 수
도 있었던 다른 사람들, 가정부나 우편배달부, 하다못해
고양이라도 자기편으로 끌어들이는 데 실패했고, 그래서
싸움에서도 지고 말았다.

◆◆◆

후원자 또는 지지자의 존재는 싸움의 승패를 좌우하
는 중요한 한 요소다. 고대 그리스 신화에는 전쟁을 관장

하는 신이 둘이다. 아레스는 군신軍神이라고 점잖게 불리긴 하지만 실상은 폭행의 신, 무뢰배의 신, 파괴의 신이다. 대지 2만 1000평을 뒤덮을 만한 거구에 성질도 포악하다. 재미있는 점은, 그가 맞짱엔 통 젬병이라는 거다. 아테나가 주먹으로 뒷목을 내리치면 끽 소리도 못 내고 기절. 심지어 아테나가 조종하는 그리스 장수의 창에 뱃가죽이 뚫리기도 한다, 명색이 신이 돼 가지고선. 올림포스 12신 가운데 가장 순혈인 제우스와 헤라의 자식이지만, 아레스는 분란만 일으키는 존재일 뿐 승리와는 거리가 멀다.

반면 아테나는 지혜라기보다는 지략의 신이고, 자타공인 전쟁의 신이며, 진정한 의미에서 승자의 신이다.(아테나의 상징인 올리브나무 가지를 들고 아테나의 팔뚝에 앉아 있는 승리의 여신 니케는 그 모습 또한 아테나를 닮았다.) 이 능력자 여신이 트로이 전투에서 그리스인에게 궁극의 승리를 안겨 주는 비결은 다름 아닌 지지자들을 모아 세를 형성하는 것이었다. 아테나는 헤라, 헤파이스토스, 포세이돈 등 막강한 실력자들과 연합 전선을 구축해 실속 없는 트로이 편 신들(아프로디테, 아레스, 아르테미스 등)을 가뿐히 제친다. 특히 아테나는 후원자 제우스에게 그리스가 승리해야 하는 이유를 다각도로 논증하며 지지를 호소한다. 제우스는 마지막까지 그리스와 트로이의 무승

부를 제안하지만 아테나의 끈질긴 설득에 굴복하고 만다. 이기는 싸움은 아테나처럼!

승자의 교본이라 할 아테나의 대척점에 있는 인물은 아이러니하게도 아테나를 섬기는 아테나이의 시민 소크라테스다. 그는 서양 철학의 아버지일지는 몰라도 싸움의 관점에서만 보자면 최악의 전략가다. 다들 알다시피 소크라테스는 '불경죄'로 고발돼 사약을 받고 죽었다. 판결 후 형 집행 전까지 감옥에 머무는 동안 탈옥을 설득하는 제자와의 대화를 기록한 책 『크리톤』에서 소크라테스는 "악법도 법"이라는 유명한 명언을 남긴다.

하나, 실상을 들여다보면 당시 재판 시스템은 그 정도면 꽤 합리적인 편이다. 형사 재판임에도 피고에게는 적극적 자기 방어권이 부여되었으며, 배심원단 투표 결과가 비등하면 재변론권이 주어지고 형량을 협상할 수도 있었다. 동점만 나와도 원고 패이며, 불필요한 고소 고발을 일삼아 사회 비용을 낭비한 데 대한 책임을 지고 벌금까지 문다.

소크라테스는 500명 배심원단의 1차 투표에서 280대 220으로 유죄를 받았는데, 이때 그가 보여 준 태도는 경악을 자아낸다. 30표 차 유죄라니 정말 충격이다, 나는 형벌을 받을 이유가 전혀 없으며 오히려 "시 청사에서 무료로 식사를 제공"받아 마땅하다.(올림픽 우승자에게 열어 주는 축하 파티를 뜻한다.) 그래도 군이 형량을 제시해 본다면, 나는 가난해서 돈이 없으니까 벌금으로 은화 1므나〔100드라크메〕 정도 내면 어떨까? 앗, 잠깐 여기 플라톤을 비롯한 내 보증인들 말이 30드라크메면 충분할 것 같다네? 조롱에 가까운 이 최후 변론을 들은 배심원단은 2차 투표를 진행하고 사형이 확정된다.

소크라테스의 제자 플라톤이 쓴 생생한 재판 기록인 『소크라테스의 변론』에 따르면, 소크라테스에게 씌워진 죄목은 물론 과도하다. "사론邪論을 정론正論으로 만들며" "그리스의 신들을 믿지 않고 초자연적인 존재를 섬겼다"는 것이 고발장의 내용인데, 말인즉 소크라테스가 요술로 대중을 호렸고 사이비 교주 행세를 하고 다녔다는 거다. 딱 듣기에도 허황되다. 그런데 법정 최고형이 나왔다.

플라톤은 스승의 재판 결과에 큰 충격을 받았다. 그역시 만인을 적으로 돌리는 언행의 위험을 충분히 알지 못했는데, 그걸 결코 인정하지도 않았다. 이 젊고 야심만만한 엘리트주의자는 스승의 재판을 계기로 '민중의 우매함'을 확신하게 되었으며, 훗날 소크라테스 관념론을 극단으로 밀어붙인 교조적 이데아론과 철인哲人 정치론을 펼치게 된다.

하지만 주취 폭행이건 불법 촬영 성범죄건 '초범이고 크게 뉘우치기'만 하면 기소 유예를 받는 오늘날 한국에서도 아마 소크라테스는 실형을 면치 못했을 것이다. 그가 변론 내내 배심원들을 약 올리고 호통 치고 꾸짖었기 때문이다. 시쳇말로 '모두 까기'를 시전했는데, 그 정도가 심히 과했다. "내가 미움을 산다는 것"은 내가 "옳다는 증거"다. 나를 사형에 처하는 것은 나보다는 당신들에게 더 손해고, "신께서 여러분에게 내려 주신 선물에 잘못을 저지르는 일"이다. 나의 논리는 아름답고, 나의 정의는 선하며, 나의 주장은 신의 진리를 전한다. 그러므로 "신이든 인간이든 자기보다 더 훌륭한 이에게 복종하지 않는 것은 나쁜 짓이고 수치스러운 짓"이다. 이러는데 누가 그를 편들어 주겠나.

소크라테스의 논증의 가장 큰 특징은 정의와 도덕을 구분하지 않는 것이다. 하지만 이런 관점은 오히려 예외적이다. 대다수 역사 문화권에서 정의는 공리公利, 즉 공동선이다. '최대 다수의 최대 행복'(제러미 벤담)이건 '최소 수혜자의 최대 이득'(존 롤스)이건, 표현의 차이는 있어도 본질은 '기회와 이익의 분배 문제'다. 공정한 것이 언제나 선한 것은 아니며, 선한 것이 늘 공정하지도 않다. 정의는 절대선을 주장하지 않으며 형평성을 따질 뿐이다. 그게

법이고 복지며 공익이라는 개념이다. 정의는 인간의 이기심과 본성의 한계를 잘 알고 이해한다.

만일 소크라테스가 위대한 철학자라면 그가 이러한 한계를 다 함께 뛰어넘자고 제안했기 때문일 것이다. 그는 이상주의자이고 완전무결한 도덕철학자다. 그는 신념에 따라 살았고 신념에 따라 죽었다.

배심원 여러분, 여러분도 자신감을 갖고 죽음을 맞아야 하며, 착한 사람에게는 살아서나 죽어서나 어떤 나쁜 일도 일어날 수 없으며, 신들께서는 착한 사람의 일에 무관심하시지 않다는 이 한 가지 진리만은 반드시 명심해야 합니다. 나는 죽으러 가고, 여러분은 살러 갈 것입니다. 그러나 우리 중에서 어느 쪽이 더 나은 운명을 향해 가는지는 신 말고는 아무도 모릅니다.

지금 싸우러 가는 분들이라면 생명의 본성에 반하는 이 감동적 웅변을 새겨 보시길. 진짜로 죽어도 싸워야겠는지, 그 정도는 아닌지, 당신의 전투는 정의를 추구하기 위함인지 양심과 도덕의 명령에 따르는 것인지, 스스로에게 꼭 한번 물어보시라.

♦♦♦

　'싸우러 가기 전에 읽어 둘 책'이라는 제목에 혹해 여기까지 오셨다면, 이제 아셨을 거다. 싸우기 위해 마음의 준비가 필요하거나 심지어 책을 읽어야 할 정도라면 해 보나 마나다. 싸움에 능한 사람은 맞으면 바로 때린다. 공격당한 즉시 역공하거나 맞기도 전에 먼저 때린다. 싸움은 반응 속도다. 빠르면 맞짱이지만 느리면 뒷북이 된다.

　철학자들과 과학자들은 인간의 본성 중에는 이기적 본능을 제어할 능력, 타인의 고통에 공감하는 능력, 즉 도덕 판단력도 있다고 말한다. 그게 사실이라면, 사회화된 인간이 싸움을 잘하기 위해서는 본능을 제어하지 '않는' 훈련이 필요하다. 나의 도덕적 본성을 외면하고 사회성을 해체해야 하는 것이다. 『카라마조프가의 형제들』은 이 주제를 생각해 보기에 아주 좋은 책이다.

　이 소설에는 온갖 종류의 싸움이 나온다. 말싸움, 몸싸움, 사랑싸움, 재산 싸움, 법정 싸움. 모든 인물이 서로 죽기 살기로 싸우는데, 여기저기서 너도나도 길길이 날뛰고 악다구니를 쳐서 정신이 하나도 없다. 보드카를 퍼마시고 걸핏하면 시비를 거는 이 러시아인들은 목소리가 크고, 쉽게 흥분하며, 매사 충동적이다. 그리고 남녀노소를 가리지 않고 신체적 폭력을 쓰는 데 주저함이 없다. 본능을 제어하지 않는 훈련이 잘돼 있거나 애초에 본능을 제어하는 훈련을 받은 적이 없거나.

3000루블을 둘러싸고 벌어지는 부자지간의 싸움은 패륜에 치정, 살인을 더하며 막장으로 치닫는데, 이때 유일하게 냉정과 침착을 유지하는 그림자처럼 조용한 인물이 하나 있다. 바로 그가 진범인 살인자다. 소설에 묘사된 특징들은 그가 고도의 사이코패스, 즉 공감 능력이 전혀 없는 냉혈한임을 보여준다. 그에 비하면 다른 이들은 괜히 소리만 질러 댔지 알고 보면 허술하고 투박한 시골 사람들이다.

싸움의 기술은 심플하다. 핏대를 세우며 베개 방석 내동댕이치는 사람은 무섭지 않다. 개통한 지 일주일 된 휴대폰으로 텔레비전을 박살 내는 사람이라면 어떻게든 피해야 한다. 시간, 사람, 노력, 평판, 돈, 마음의 평화. 뭐가 됐든 잃는 걸 아까워하지 않는 쪽이 더 위험하고 그래서 더 강하다. 『카라마조프가의 형제들』의 살인범은 완전 범죄를 위해 자살까지 한다. 그러므로 당신은 싸우러 가기 전에 결정해야 한다. 얼마나 큰 희생을 감수할지. 그 선이 명확해야 이기지는 못할지언정 싸우다가 제때 멈출 수는 있을 것이다.

어떤 이유로든 싸움이 주저된다면 다른 방법들도 많다. 협상, 설득, 조율, 타협, 양보, 외면, 자기 통제, 심호흡, 망각 등. 분하고 억울하신 분들께 이런 말밖에 못 해 드려 마음이 아프다. 내 경험을 솔직히 말씀드리자면, 때로는 이기고 지고를 계산하지 말고 그냥 한번 들이받아 보는 것도 나쁘진 않다. 마음속에 맺힌 응어리가 더 해로울지 패배의 후유증이 더 쓰릴지는 누구도 장담 못 하지만, 싸웠다는 사실만으로 마음이 홀가분해지는 일도 **드물지만** 있다.

가출을 계획 중인 너에게

『호밀밭의 파수꾼』
『고리오 영감』
『이방인』

자식은 왜 부모와 싸우나? 모든 가정에는 제각각 그럴 만한 사정과 이유가 있겠지만, 핵심은 언제나 이런 것 아닐까? 너무 가까이서 오랫동안 봐 온 사람들이니까. 부모는 자기 자식을 누구보다 잘 안다고 지나치게 확신해서. 남에게라면 함부로 하지 않을 '충고'도 하고 '잔소리'도 하고 '참견'도 하고. 너 그렇게 게임(핸드폰, 인터넷 등)만 하다간 나중에 후회한다. 대체 뭐가 되려고 그러니. 이게 방이야 돼지우리야. 제발 씻어라 좀!

반면, 자식의 입장은 늘 왠지 억울하고 서운하다. 그래서 친구나 연인, 다른 어른들에게라면 하지 않을 말투와 태도로 신경질도 부리고 소리도 지른다. 부모면 다야? 누가 낳아 달래? 남들만큼 해 주지도 못하면서 왜 남의 집 자식하고 비교해? 몰라! 싫어! 냅둬 좀!

『호밀밭의 파수꾼』의 주인공은 '보이boy'라고 불리는 걸 끔찍해 하는 열여섯 살 청소년 홀든 콜필드다. 그는 뉴욕의 상류층, 부족함 없는 가정에서 자랐다. 변호사인 아버지와 고상한 스노비즘 취향의 어머니, 할리우드에서 잘나가는 시나리오 작가인 형, 이제 겨우 열 살인 여동생 피비가 있다. 남동생 앨리는 몇 년 전에 죽었다. 홀든은 크리스마스 휴가 직전에 명문 기숙 고등학교에서 퇴학당한다. 영어를 제외한 전 과목에서 낙제했기 때문이다. 벌써 네 번째 학교다.

홀든은 부적응자다. 그는 어째서 부적응자가 됐나. 소설에는 이유를 짐작해 볼 만한 단서들이 많다. 가장 큰 영향을 미친 건 아마 집단 폭력으로 동급생이 자살한(또는 사고사였을 수도 있는) 사건일 것이다. 그렇지만 홀든이 진짜로 견딜 수 없는 것은 모두가 어떤 잘못, 어떤 부당함, 어떤 무례를 대수롭지 않게 저지르면서 태연히 잘들 지낸다는 사실이다. 홀든은 역겹고 가식적이고 엉터리인 이 세상으로부터 벗어나고 싶다. 멀리 서부로 가 외딴곳에 오두막을 짓고 제 손으로 장작을 패서 불을 지피며 살아가고 싶다.

홀든의 소박한 바람은 이루어지지 못한다. 어린 여동생 피비가 오빠를 따라가겠다며 짐을 싸 들고 나섰기 때문이다. 홀든은 피비를 데리고 동물원에 가 회전목마를 태워 준다. 빙글빙글 돌아가는 목마 위에서 손 흔드는 피비의 모습이 너무 귀엽고 예뻐서 홀든은 아무 데도 갈 수가 없다. 소설의 제목 *The Catcher in the Rye*는 홀든이 거리에서 마주친 어떤 아이가 인도와 차도의 경계석 위를 위태롭게 걸으며 흥얼거리던 노랫말에서 따 왔다.

"(오빠는) 뭐가 될 생각이야?"

"호밀밭에서(in the rye) 뛰놀던 아이가 벼랑으로 굴러 떨어질 때, 그 애를 붙잡아(catch) 주는 사람이 되고 싶어." 이제 다 컸다고, 거의 어른이라고, 술을 마실 수 있다고 큰소리치지만 그도 아직은 누군가가 붙잡아 주어야 할 소년일 뿐인데.

자식을 낳았다면 잘 키우고 힘써 보살피는 것이 부모의 할 일이다. 자식을 잘 키우는 데는 여러 측면이 있다. 제때 먹이고 입히고 안전하게 자랄 수 있는 환경을 만들어 주어야 한다. 또 세상에 나가 홀로 설 수 있을 때까지 몸과 마음을 다치지 않게 살펴 주어야 한다. 그러나 가정 교육의 요체는 뭐니 뭐니 해도 정서적 관심과 바른 교육이다. 이걸 제대로 하지 않으면 자식은 패륜아가 될 수 있다.

발자크의 『고리오 영감』에는 부모의 등골을 빼먹는 불효자가 셋 나온다. 어쩌나 싸가지가 없고 이기적인지 절로 혀를 차게 된다. 아빠 고리오는 졸부다. 신분이 낮은 상인이었지만 프랑스 혁명기에 밀가루를 독점해 큰 부자가 됐다. 어릴 때 남들만큼 못 해 준 게 한이었던 아빠는 두 딸에게 각각 지참금을 80만 프랑이나 들려서 귀족들에게 시집보낸다. 너희들은 앞으로 떵떵거리며 잘살아라. 그런데 두 딸은 결혼을 하고 나서도 계속해서 아빠의 돈을 뜯어 간다. 유흥비, 화장품값, 옷값, 도박 판돈, 애인한테 선물을 퍼 주다 생긴 빚 갚을 돈 등, 명목도 가지가지.

한편, 시골에서 파리로 상경한 스무 살 법대생 외젠은 고향에서 농사지으며 자식 잘되기만 빌고 있는 부모의 마음은 아랑곳 않고, 호화로운 사교계를 들락거리며 못된 짓만 늘어 간다. 부모님 쌈짓돈도 모자라 여동생들의 동전까지 쥐어짜 비싼 옷을 해 입고, 무도회니 극장이니 도박장이니 황새 쫓아가는 뱁새 짓에 가랑이가 찢어진다. 그렇게라도 성공해서 출세하고 언젠가 부모님 호강시켜 드리면 다행이련만. 불효자는 갈 길이 구만리고, 그때까지 부모님이 건강히 살아 계실는지.

아빠 고리오는 딸들 때문에 죽는(거나 마찬가지)다. 죽어 가면서도 딸들이 달라는 돈을 해 주지 못해 걱정이 태산이다. 과연 가족은 지옥인가. 전생의 업보인가. 부모와 자식은 서로 어디까지를 견뎌 주어야 하는 관계인 걸까. 생각해 볼 시간이 필요하다.

◆ ◆ ◆

사고무친의 외로운 청년이 재판에서 사형을 언도받는다. 그는 흉악무도한 범죄자에 천인공노할 악마라서 사회로부터 영구히 격리되어야 한다고 검사는 기소 의견을 밝혔고, 배심원 전원이 이에 동의했다.

뫼르소는 해변에서 아랍인을 총으로 쏴 죽였다. 살인이다. 하지만 우발적인 사건이었고, 심리적으로는 정당방위에 가까웠으며, 여러 가지 불운이 맞물린 결과였을 뿐이다. 그럼에도 그는 반인륜적 근친 살인범으로 낙인찍힌다. 왜냐하면 엄마의 장례식에서 울지 않았기 때문에. 엄마가 죽은 지 사흘 만에 수영하러 가서. 엄마가 돌아가셨는데 여자를 만나다니. 부모상을 치른 자식이 코미디 영화를 봤다고? 그건 '정신적으로' 부모를 살해한 것이나 마찬가지다! 뫼르소가 언도받는 사형은 아랍인을 살해한 범죄 때문이 아니라 부모의 죽음을 슬퍼하지 않은 데 대한 사회의 단죄다.

이 부조리한 재판은 양로원에서 지내던 노모가 죽은 날로부터 스물닷새간 뫼르소의 행적을 낱낱이 들춰 내고, 그를 아는 모든 사람을 증인으로 세워 그가 한 말 한마디, 행동 하나하나가 모두 살인자의 잔혹성을 입증한다고 주장한다. 재판이 진행되는 내내 뫼르소가 보여 주는 무심한 태도는 부분적으로는 습성이지만 주로는 기소 요지의 터무니없음 때문이다. 그는 줄곧 어리둥절한 채로 자기 재판을 '방청'한다. 그가 정말 하고 싶은 말은 단지 이것뿐이다. "아무도 엄마의 죽음을 슬퍼할 권리는 없다."

카뮈의 『이방인』을 독해하는 방법은 여러 가지겠지만, 나에게 이 작품은 '부모가 죽은 자식은 어떻게 살아가야 하는가'에 관한 이야기로 읽힌다. 홀어머니가 돌아가신 후 뫼르소는 어쩌다가 불법적인 일을 하는 옆집 사내와 어울리게 됐고, 그 남자의 데이트 폭력에 얽혀 들었고, 낯선 바닷가에 함께 놀러 갔고, 옆집 사내의 전 여친의 오빠와 그 패거리들에게 보복 폭행을 당했고, 그래서 얼결에 총을 쏘게 됐다.

혹시 그에게 아침저녁으로 잔소리해 주는 엄마가 있었더라면, 위험한 애들과 몰려다니지 말고 일찍일찍 좀 들어와라, 신신당부했더라면 불운이 그를 피해 갔을까. 모를 일이다. 하지만 누구의 엄마건 엄마라면, 살아서나 죽어서나 외동아들의 쓸쓸한 등짝에 대고 이렇게 말했을 것이다. 방구석에 틀어박혀 밥도 굶어 가며 궁상스럽게 혼자 있지 말고 나가서 친구랑 어울리고 애인도 사귀고 즐겁게 살아라, 아들아. 부모라면 분명 그렇게 말해 주었을 것이다. 엄마가 죽었어도 아들이 잘 지내니 나는 좋고 안심된다고.

소설에는 인상적인 면회 장면이 있다. 뫼르소의 여자 친구가 그를 면회하러 왔을 때, 같은 방에 있던 다른 모자다. 젊은 아들과 늙은 엄마는 면회 시간 내내 아무런 말도 하지 않고 서로 쳐다보기만 한다. 그러다 마지막에 청년이 말한다. "잘 가. 엄마." 늙은 엄마는 돌아보지 않는 아들의 뒷모습을 향해 주름진 손을 내밀어 창살 사이로 천천히 흔든다. 아무런 설명도 더는 없지만 전부 다 알 것 같아서 눈시울이 붉어지는 장면이다.

뫼르소는 거리의 행인을 구경하듯 자기 삶도 관망하며 살았다. 변할 것도 없고 변하지도 않을 것이기에 무엇도 꿈꾸지 않고 계획하지도 않았다. 매일이 같은 날인 듯

단조롭고 자명했다. 부피가 없는 점과 같은 삶이었다. "어쨌든 어떤 생활이든지 다 그게 그거"라고, 그는 생각했다.

살인과 재판과 감옥은 그에게 생의 가치를 일깨운다. 지금껏 살아온 세월은 "실감 난달 것도 없이" 흘러가 버리는 나날들이었는데, 죽음이 가깝고 또렷해지자 비로소 해방감과 더불어 감각이 살아난다. "모든 것을 다시 살아 볼 마음이" 내키고, "나는 전에도 행복했고, 지금도 행복하다는 것을" 느낀다. 자기 생에 대해 이방인이었던 한 청춘이 절망적인 방식으로 자기 생의 주인이 된 순간, 세계로부터 버려져 이방인이 되고 만 이야기. 그래서 『이방인』이다.

명절에 책 읽는 인간

『논어』
『자기만의 방』
『풀하우스』

명절은 무엇을 하는 날인가. 조상 덕 본 사람들이 해외여행 가는 날이고, 조상 복 없는 사람들은 기름 냄새 맡으며 차례상에 올릴 전 부치는 날이다. 일가친척에게 잔소리 듣는 날이고, 부부 사이에 이혼 소리 나오는 날이고, 부모 자식이 서로 호적 파자고 고함치는 날이다. 이런 장면은 올 추석에도 재현될 것이고 내년 설에도 되풀이될 것이다. 이제 명절은 전국 방방곡곡의 가정에서 막장 드라마를 찍는 날이 돼 버렸다.

그런 명절에 독서라니, 웬 팔자 좋은 소리냐고 타박하실 분들이 많을 것으로 짐작한다. 너는 집에서 빈둥대는 노처녀 시누이냐? 눈엣가시 시동생이 명절이랍시고 내려와선 상 펴는 것도 안 거들고 책이나 본다고? 명절에 책 읽는 것들은 사람도 아니다, 분개하시려나. 잘 알고 있으니 진정들 하시라. 바로 그렇게 해묵은 가족 갈등이 폭발하는 날이라서 명절에는 의지적 독서가 꼭 필요하다고 생각한다. 어째서 명절은 이렇게나 불행을 증폭시키는 암울한 날이 되고 말았는가. 진단과 대책을 모색해야 하지 않겠는가 말이다.

나의 소견으로 명절용 도서는 연령, 성별, 결혼 여부에 따라 달라진다. 먼저, 한국의 명절에 가장 큰 불이익을 체감하는 기혼 여성, 즉 며느리들을 위한 명절 추천 도서는 두말할 것 없이 『논어』다. 기원전 6세기 중국 노나라에서 태어난 공구(공자의 본명. 공 씨에 이름이 구다. 자는 존칭)는 홀어머니 손에 자란 외아들로, 결혼 상대로는 최악의 스펙인데 그래도 무사히 장가들어 아들을 얻었다.(안타깝게도 자식이 부모보다 먼저 죽었다.) 독학으로 공부해 공무원이 되었지만 시절이 하도 수상하여(크고 작은 나라들이 삼백 년 넘게 전쟁을 이어 가던 춘추 시대였다.) 이리저리 치이다가 결국 낙향, 공무원 진출을 꿈꾸는 청년들에게 개인 교습과 진로 상담을 해 주면서 유교의 기틀을 세웠다. 이 중국의 고대 사상이 어쩌다 한국 전통문화의 상징이 되었나.

많은 사람들은 조선이 건국 이념으로 유교를 택한 것을 두고 이성계를 탓하지만, 그에게도 별다른 선택지는

없었다. 이전 정권의 통치 이념이었던 불교를 대신할 차
별화된 사상으로, 신비주의적 감성 정치에 반하여 실리주
의적 도덕 정치를 표방할 논리적 기반이 유교에 들어 있
었던 것. 군부 쿠데타로 집권한 조선의 건국자들에게 유
교는 자신들의 윤리적 결함을 가려 주는 결벽증적 선택이
었다.◆

아무튼지 동양 철학의 원류임을 부인할 수는 없는 유
교 경전 『논어』에는 과연 무슨 내용이 적혀 있을까? 웃어
른을 공경하고, 부모에게 효도하고, 아들을 낳아 대를 잇
고, 조상님 제사를 정성껏 모셔야 한다는 얘기라도 쓰여
있더냐? 그렇다. 그런 내용이 3분의 1은 된다. 그럼 나머
지 3분의 2는? 인간으로서 품격을 지키며 살아가는 데 필
요한 자아 성찰에 관한 내용이 절반, 천하를 다스릴 군자
가 갖춰야 할 덕목에 관한 내용이 절반이다. 가령 이런 것.

"다섯 가지를 실천할 수 있으면 어질다고 할 수 있다.
공손하면 모욕당하지 않고, 너그러우면 사람이 따르며,
믿음직스러우면 일을 맡게 되고, 영민하면 공을 세우며,

◆ 첨언하자면, 한국의 유교는 공자나 맹자보다는 12세기 중국 송나라의 주자가
체계를 세운 신(新) 유학인 성명의리지학(性命義理之學), 즉 성리학과 더 관
련이 있다. 유교의 여러 개념들 가운데 효와 예를 특히 강조한 점이 강력한 군
주제에 요긴하게 변용되었다.

은혜로우면 사람을 부린다."(『논어』17.6) 공자는 이상적 인간이 추구해야 할 도를 '인仁'이라 하고, 어질어지는 방법을 설명하려 부단히 노력한다.

그런데 여기에 간과해선 안 되는 중요한 포인트가 있다. 유교는 그 실천의 최소 단위 주체를 '결혼한 남성'으로 상정한다. 즉, '인'은 물론이거니와 '효' 또한 '아들'이 맡아 해야 할 과제란 말씀. 그리고 이것 때문에 애매하게 우스운 문제가 발생한다. 아들은 아들을 못 낳으니 효자가 되려면 무엇보다 여자가 절실하다. 널리 폐해가 심한 '대리 효도남'의 기원이 여기서 왔다고 할 수 있는데, 원문을 보면 결이 많이 다르다. 어쨌든 효의 궁극적 행위 주체는 딸도 며느리도 아닌 아들이다. 해석하기에 따라서는 외려 '효도는 셀프'에 더 가깝게 읽히기도 한다.

『논어』는 대단히 통쾌하고 감각적인 경구들로 이루어진 잠언집이라서, 인간이 세상을 살아가며 겪고 느끼는 숱한 고민거리들에 위로와 깨달음을 주는 내용들이 대부분이다. 또한 수신修身 → 제가齊家 → 치국治國 → 평천하平天下로 확장되는 인격 수련의 과정은 더 나은 세상을 일궈 내기 위해 모두가 동참해야 할 바람직한 사회 운동을 제안하고 있다. 이런 사상이라서 공자가 세계 4대 성인으로 꼽히는 것이다……

고대의 사상을 글자 그대로 따르는 것은 시대착오적이지만, 어떤 구절들은 시대와 장소를 초월하여 언제고 진리다. 예를 들면, "잘못을 고치지 않는 것. 이것이 진짜 잘못이다".(『논어』15. 29) 고로, 현대의 며느리라면 명절을 맞아 시집에 가기 전에 『논어』를 읽어 두도록 하자. 비록 군자는 못 되어도 인간의 도리가 무엇인지는 알고 있자는 말이다. 잘못된 것이 있다면 '공자님 말씀마따나' 고쳐보려고 애쓰고, 현대의 가정에 걸맞은 수신과 제가의 길이 무엇인지 진지하게 숙고해 보자. 이것이야말로 제사보다 시급한 며느리의 도리다.

◆◆◆

한편, 기혼 남성이라면 명절에 독서는 가급적 권하지 않겠다. 아이고 운전하고 오느라고 힘들었겠다, 들어가서 쉬어라. 아이고 처자식 벌어 먹이느라 고생했다, 들어가서 쉬어라. 아이고 오랜만에 고향에 왔으니 친구들 좀 만나고 들어오너라. 애틋하게 챙겨 주시는 엄마 집에 왔을 테니 이런 때라도 마누라 눈치 좀 봐야 하지 않겠는가. 아내는 동동거리며 음식 쟁반 나르고 밥상 술상에 다과상까지 쉴 새 없이 나오는 그릇들을 씻느라 허리가 끊어질 지경인데 명절 내내 남편이란 자가 고상하게 독서 같은 걸 하고 있다면, 그 순간에 평생의 원한을 전부 다 짊어지게 될 수 있다.

하지만 예외는 언제나 있다. 이 책이라면 명절에 아내와 딸이 보는 앞에서도 당당히 펼쳐 들 수 있겠다. 당신이 웬일이래? 반색하며 뒤집개를 팽개친 아내가 아들딸 불러 모아 온 가족이 다 함께 독서를 하는 신선한 장면이 연출될 수도 있다. 그토록 훌륭한 권장 도서의 저자는 버지니아 울프, 제목은 『자기만의 방』이다.

'최초의 페미니즘 에세이'로 알려져 많은 오해를 사고 있는 이 책은 흔한 지레짐작과 달리 자의식 과잉인 어떤 미친 여자가 골방에 틀어박혀 머릿속에서 들려오는 환청을 벽에다 끼적거리는 내용이 전혀 아니다. 제목이 풍기는 폐쇄적인 인상이 에세이란 단어와 센티멘털하게 결합해 증폭된 착각일 뿐, 이때 에세이란 그냥 '논픽션'을 뜻한다. 학술 논문까진 아니고, 수능 언어영역 비문학 편에 '가설연역적 추론법'을 설명하는 지문으로 제시되기에 손색없는 논증 글이다.

논증의 주제는 무엇인가. "한 개인이 어떠한 경우에도 삶의 자유와 행복을 누리기 위해 필요한 최소 조건은

'연 500파운드의 고정 수입'과 타인의 방해를 받지 않고 자아를 돌볼 수 있는 '내 방'이다." 저자는 이 가설이 어떻게 참인지를 실증적이고 구체적인 사례들을 통해 군더더기 없이 명료한 문장으로 증명해 낸다.

울프는 산업화 시대에 들어서며 표면화되기 시작한 경제력과 계층의 문제, 노동의 재화 가치와 권력의 상관관계, 타고난 조건이 재능의 발현에 미치는 영향 등을 예리하게 통찰한다. 이 책이 사회 경제 활동을 주도하는 남성들에게 더 의미가 있다면 아마 이런 측면 때문일 것이다. 책에 나오는 '여성'이라는 단어를 노예, 하인, 하층민, 피지배자 등의 단어로 바꿔 읽어도 모든 내용이 참이다. 또는 이런 단어가 너무 구태의연해 보인다면, 요즘 식으로 흙수저, 을, 서민, 월급쟁이로 바꿔도 무방하다.

냉정하게 말하면, 여성인 울프가 20세기 초에 이러한 수작을 쓸 수 있었던 것은 재능 외에도 그녀 자신이 당시의 평균 여성들에 비해 훨씬 유리한 경제사회적 조건에 있었기 때문이다. 금수저는 아니어도 중산층 이상이었고, 지적인 가정 환경에서 자랐으며, 유산으로 물려받은 개인 연금이 있었다. 남편이 출판업자였던 것도 한몫했다. 한 개인이 아무리 천재적 재능을 가졌어도 순전히 자력만으로 높은 사회적 지위를 획득하는 것은 어느 시대에나 불가능에 가깝다.

『자기만의 방』의 원고 초안은 1928년 울프가 케임브리지 대학교 내의 여성 칼리지인 거턴과 뉴넘에서 '여성과 픽션'이라는 주제로 진행한 강연이었다. 울프는 이 유서 깊은 대학교의 도서관에 들어가려다 은발의 젠틀맨에게 "여성은 대학 연구원을 동반하거나 소개장을 소지해야" 출입이 가능하다며 입구에서 제지당한 자신의 일화로 말머리를 연다. 하지만 울프가 청중에게 간곡히 호소하는 것은 차별에 대한 이분법적 저항이나 투쟁이 아니다. 오히려 우리들 각자의 빛을 서로 지켜 주는 세상을 일궈 낼 때까지 "용기와 자유의 습성"을 잃지 말자는 당부다. 재능이 있지만 마음껏 펼칠 수 없는 젊은이들과 주어진 조건에 순응하며 고단한 현실을 살아가는 필부필부들을 격려하며, 울프는 선언한다. 누구든지 홀로 오롯한 존재로 인정받지 못하고 일생을 한 가족의 일원으로서만 의미가 있는 삶이 돼선 안 된다. 당신 자신으로 살아가는 데 온 힘을 다하라.

명절은 흩어져 있던 가족 구성원들이 모여 긴 시간을 함께 보냄으로써 각자의 결함 욕망 한계가 폭로되고 부딪히는 날이다. 우리가 겨우 이런 정도의 사람들이라는 것을 때로 타인보다 더 어려운 식구들에게 낱낱이 들키는 날인 것이다. 그러나 가족은 제도나 규범, 또는 개인의 의지만으로 쉽사리 해체할 수 없는 인간 사회의 기본 단위다. 그러므로 특히 당신이 아버지라면 남편이라면 아들이라면, 명절에 『자기만의 방』을 읽고 자식에게 아내에게 부모에게 그리고 무엇보다 자기 자신에게 더 노력할 기회를 주었으면 좋겠다.

◆ ◆ ◆

마지막으로 명절에조차 가족들 사이에서 '기타 누락자' 취급받는 싱글 남녀, 취준생, 수험생, 고3 학생 등에게는 스티븐 제이 굴드의 『풀하우스』를 추천하겠다. 20세기 최고의 과학 저술가 중 한 사람으로 꼽히는 굴드는 이 책에서 문과생의 귀에도 쏙쏙 박힐 만큼 쉬운 문장으로 말의 발굽 모양, 4할 타자, 박테리아의 예를 들어 진화에 관한 중대한 오해를 바로잡는다.

그는 다윈의 진화론이 위대한 이유는 "지구상의 전체 생물종〔풀하우스〕의 진화가 인간이라는 정점을 향해 부단히 진보해 왔다고 믿는 플라톤적 사고가 오류임을 입증했기 때문"이라고 말한다. 즉, 진화는 '더 진보한' 생물의 출현이 아니라 다만 '더 다양한' 생물군으로의 확산일 뿐이다.

엄마 친구 아들은 대기업에 취직했다는데, 남들 다 가는 시집 장가를 왜 여태 못 가고 있느냐고, 고3인데 성적이 그 모양이면 어디 대학이나 제대로 가겠느냐고, 비교와 구박이 융단폭격처럼 쏟아지는 명절이다. 사람이 뭔가 발전이 있어야지, 하루하루 나아지는 모습도 없고 허구한 날 그 타령이면 어쩌냐고, 잔소리를 돌림노래로 하는 집안 어른들이 있다면 굴드의 책에서 다음 문장을 인용해 말대답을 해 보자. "생명의 역사에 진보를 향한 전반적인 또는 예정된 추진력 같은 것은 없으며", 따라서 결혼을 안 하는 인간, 대학에 안 가는 인간, 공무원이 꿈이 아닌 인간 역시 진화한 21세기 인간의 일부입니다.

4부

**별일 없어도
읽습니다**

시간이 아깝다고 느껴진다면

『남아 있는 나날』
『야간 비행』
『엘러건트 유니버스』

테드 창의 SF소설『당신 인생의 이야기』에는 일곱 개의 발을 가져서 '헵타포드'라고 불리는 외계인이 등장한다. 헵타포드가 인간과 가장 다른 점은 시간을 인식하는 방식이다. 원기둥처럼 생긴 몸통 둘레를 따라 일곱 개의 눈이 있는 헵타포드는 동시에 사방을 본다. 그래서 이들에게는 앞뒤 좌우 전후라는 개념이 없고, 과거 현재 미래의 구분도 없다. 그들에게 시간은 매 순간이 현재요 미래고 과거다. 헵타포드가 미래를 아는 이유는 '언제나 모든 곳을 보는 눈'을 가졌기 때문이다.

그에 비해 인간은 한쪽 면에만 고작 두 개의 눈이 달린 존재라서 앞과 뒤가 생겨나고 지나간 것과 다가오는 것을 구분하게 됐다. 인간의 물리적 형태가 감각 지각의 일방향성을 낳은 것이다. 물론 인간 엄마들도 한때는 뒤통수에 눈이 달려서 자기 아이의 모든 걸 간파하는 시기가 있다지만, 진짜로 뒤통수에도 눈이 있다면 이 세상이 얼마나 다르게 보일지! 내 눈에 보이는 대로 생각하고 판단하는 것이 주관이라면, 객관은 사방에서 바라보는 눈들에 비친 나의 모습일 텐데, 그걸 스스로 자각할 수 있다는 건 함부로 살긴 글렀단 얘기다.

헵타포드의 형태학적 특성이 시간 인식을 결정한다는 발상은 물리학도 출신 소설가의 짓궂은 농담일 테고, 이 문제를 제대로 따져 보자면 아인슈타인과 파인먼이 필요하다. 하지만 우리는 당장 처리해야 할 시시콜콜한 일들만으로도 시간 부족에 허덕이는 '타임 푸어' 아니던가. 지나가는 시간의 끄트머리 한 자락도 붙잡을 수 없고 한 치 앞의 순간도 미리 알 수 없는 인간에게 시간은 곧 각자의 목숨 길이인걸.

이렇게나 귀한 것을 우리는 왜 이다지도 허비하며 살아가고 있는 걸까. 왜냐하면 흥미롭게도 시간의 영역에서는 공간과는 비교도 되지 않을 만큼 강하게 주관이 작동하기 때문이다. 똑같은 한 시간도 누군가에게는 느리게, 누군가에게는 빠르게 간다. 또 한 사람의 내면에서도 시간은 영원처럼 느려졌다 섬광처럼 빨라졌다 종잡을 수 없다. 게다가 내가 경험하고 있는 시간의 성질을 제삼자가 객관적으로 검증하거나 논박하는 것이 불가능하다. 그러다 보니 '언제' 시간이 아까운가라는 질문에도 사람들 사이에 의견 일치를 보기 어렵다.

원치 않는 일이나 상황에 매여 있을 때 시간 낭비라는 생각이 든다는 사람이 있는가 하면, 지금 이 순간이 너무 즐겁고 재미있어서 일 분 일 초가 아쉬울 때 시간이 아깝다는 사람도 있다. 극과 극의 상황인데 '시간이 아깝다'고 느낀다는 사실만 같다. 이래서는 모두를 만족시키는 추천서를 고를 수가 없다. 탕수육 부먹찍먹 논란이나 후라이드 양념 치킨 논쟁만큼이나 날선 대립이 예상되는 주제인 것.

하여, 장고 끝에 악수를 두는 쪽을 택했다. 이것저것 줄줄 늘어놔 보기. 적절한지 여부를 "나 스스로 판정할 수는 없겠지만, 누군가가 혹시 나를 이러한 일에 필요한 핵심적인 자질을 약간이나마 성취한 사람으로 보아 주려 한다면" 유의미한 시도가 될 수 있겠다.(따옴표 안의 문장은 위대한 집사 스티븐스 씨의 대사다.)

◆◆◆

　일본계 영국인 소설가 가즈오 이시구로의 『남아 있
는 나날』은 묘하게 신경이 쓰이는 소설이다. 가볍게 읽자
면 꽤 귀엽기까지 한 이야기일 수 있는데, 파고들수록 대
단히 영리하게 쓰였다는 생각이 든다. 표면적으로는 젊은
날에 사랑인 줄 모르고 떠나보낸 인연을 뒤늦게 다시 만
나러 가는 중년 남자 스티븐스의 여정을 잔잔히 그린다.
그는 영국의 명망가 귀족 달링턴 경의 대저택을 일평생
관리해 온 집사고, 그가 이십 년 만에 재회하려는 켄턴 양
은 1922년부터 1936년까지 십사 년간 함께 일했던 총무
하녀다.

　그들이 함께했던 시절에 달링턴 저택은 손님으로 방
문한 귀족 부인이 "쓸쓸한 심경을 감추지 못하며 '도저히
적수가 없을 것 같다'고 평했"을 만큼 완벽하게 관리되었
다. 극작가 조지 버나드 쇼〔1856~1950〕도, 정치인 핼리
팩스 경〔1881~1959〕도 경이롭게 빛나는 달링턴 댁의 은
스푼에 찬사를 바쳤더랬다. 양차 대전이 벌어진 격동의
시대였던 만큼 직업인으로서 그들이 이룬 성취는 기념할
만한 것이었다.

　영국의 저명 집사 협회가 인정한 일류였던 아버지의

업을 이어받은 스티븐스는 확고한 직업의식을 갖고 있었다. "인간적 품위와 겸손한 복종"의 자세는 기본이요, 만찬 테이블 밑에서 호랑이를 발견해도 소란 피우지 않고 정시에 연회가 시작될 수 있도록 조용히 처리할 만한 실력이 있어야 일급 집사 소리를 들을 수 있다. 그는 "시간이 남아도는 것이야말로 우리의 직업 수준을 심각하게 떨어뜨리는 중요한 요인"이라 공언하며, 언제나 "일 다음에 일, 그리고 또 일이 기다리고 있을 뿐"이라고 즐거이 푸념한다.

하지만 위대한 집사가 되는 건 다른 문제다. 왜냐하면 그가 모시는 분이 진정 신사여야 하기 때문이고, 진짜배기 신사를 알아보는 안목을 가져서 "제대로 된 주인에게 자신의 재능을 바쳐야" 하기 때문이다. 대놓고 자평하진 않지만, 달링턴 경의 집사로 일한 삼십오 년의 시간을 회상할 때 스티븐스가 느끼는 뿌듯함은 자신이 그레이트 브리튼에 걸맞은 그레이트한 집사였다는 자부심이다. 그는 이것을 "이지적으로 부여된 충성심"이라고 격조 높게 표현한다.

그런 스티븐스가 보기에 켄턴 양은 동료로 인정할 만한 유능함을 갖췄고, 연애니 결혼이니 하는 사사로운 관심사에 연연하지 않는다는 점에서도 제법 바람직한 총무

하녀였다. 그런 켄턴 양이 예고도 없이 불쑥 결혼을 해 버리더니 벤 부인이 되어 달링턴 저택을 떠난 것이다. 믿던 도끼에 발등 찍힌 셈이지만, 그래도 스티븐스는 전쟁이 끝날 때까지 꿋꿋이 제자리를 지키며 진정한 영국 신사 달링턴 경에게 헌신한다.

2차 대전 후 달링턴 경이 작고하고 저택이 미국인 부호 패러데이 씨에게 팔리자 스티븐스는 '일괄품목'으로 딸려 갔다. 이제 달링턴 홀과 일체의 경지에 이른 그는 새로운 주인 어르신의 분방한 미국식 유머에 종종 당황하긴 해도 변함없이 최고의 서비스를 제공하는 "프로"의 자세를 견지하고 있다. 다만 예전 같지 않게 고용 인력이 현격히 줄어 업무가 과중하던 차, 정말 오랜만에 켄턴 양, 아니, 벤 부인의 편지를 받았고, 그 행간에 숨은 의중, 즉 달링턴 홀의 업무에 복귀하고 싶은 소망이 감지되었기에, 능력 있는 직원을 스카우트하러 간다는 명목으로 몸소 그녀를 찾아가 보기로 큰맘을 먹은 것이다.

근대 이후 인간은 노동으로부터 인생의 가치를 찾기 시작했는데, 이는 가히 혁명적이라 할 발상의 전환이었다. 계급 사회에서는 타고난 신분만으로 삶의 조건이 결정되었으므로 노동은 곧 천한 신분을 뜻했다. 귀족을 가리키는 유한계급이라는 사회학 용어는 영어의 '레저 클래스 leisure class'를 번역한 것인데, 이 말 속에 모든 진실이 담겨 있다. 인생이 곧 여가요, 생계와 노동으로부터 자유로운 자란, 오늘날 주말마다 골프를 즐기러 가는 사장님과는 격이 다른 레저 생활을 누렸을 것이다. 그런 귀족에게 봉사하는 집사와 하녀 들은 자신의 일에서 어떤 의미나 가치를 찾을 필요가 없었다. 노동은 신분에 따라 부과된 짐일 따름이고, 짐꾼의 시간은 오로지 사용자를 위해 쓰임으로써 그 목적이 완성된다.

그토록 당연해 보였던 전제가 사라진 시대의 노동자에게는 새로운 목표가 부여되었다. 단지 피고용인에 그치지 않고 직업인으로 능력을 인정받을 것. 더 나아가 위대한 집사가 되어 자기 일에서 긍지와 보람을 느낄 것. 이 '프로페셔널리즘'은 한 개인이 숙련된 노동자가 될 때까지 소모하는 생의 시간을 값지다고 믿게 만든다. 일하는 시간은 더 이상 고역이 아니라 이상적 가치를 추구하는 과정으로 격상되고, 자아를 입증하는 수단으로서의 직업은 생계를 위한 노동과는 차별화된다.

스티븐스의 말 한마디 한마디에는 이러한 목표를 성공적으로 달성해 낸 직업인에게서 흔히 나타나는 자의식이 담겨 있다. 그는 "이 주인이야말로 내가 생각하는 고귀함과 존경할 만한 덕목을 모두 갖추었다."고 단언할 만큼 훌륭한 신사인 달링턴 경을 자신이 "발견했다"고 말한다. 집사가 신사를 알아본 것이다. 위대한 신사와 위대한 집사는 찻잔과 받침 접시처럼 한 세트라서, 스티븐스는 달링턴 경의 집사였기에 위대해졌다.

그런데 만일 달링턴 경이 나치에 부역한 전범戰犯이었다면? 스티븐스가 시중들었던 달링턴 경의 귀빈들 중 상당수가 반유대주의요 히틀러 추종자였다면? 달링턴 경은 자신의 정치적 사상적 입장을 선택할 권리가 있는 주인이었으므로 "당신께서 실수했다고 말씀하실 수 있는 특권이라도 있었지"만, 그에 딸린 부속물에 불과한 집사인 스티븐스는 무엇도 선택한 적이 없기에 실수였다는 말조차 할 수가 없다.

그는 그저 주인이 시키는 일, 와인을 따르고 테이블을 정리하고 귀빈의 질문에 답하는 등 집사의 업무에 충실했고, 그게 "잘못"은 아니지 않은가. 아버지의 임종도 지키지 못한 채, 세계의 명운이 걸린 중차대한 비공식 회담◆이 이루어지고 있는 연회장을 오가며 고군분투할 만

◆　작가가 명시하진 않지만, 이 장면은 실제로 1930년대 말 히틀러와 영국 수상 체임벌린이 상호 불가침 조약을 맺도록 함으로써, 나치가 동유럽을 점령하는 데 일조했던 영국 보수파 정치인들의 회합을 묘사하고 있다. 당시 영국의 고위 정치인들 가운데 히틀러의 야욕을 정확히 간파한 인물은 처칠뿐이었고, 결사

큼 철두철미 프로였던 스티븐스가 주인의 실책 때문에 자신의 전 생애와 모든 시간을 부정당해야 하는 이유는 무엇인가?

『남아 있는 나날』을 읽노라면 바닷가 벤치에 우연히 나란히 앉게 된 노신사가 들려주는 옛이야기처럼 선선한 정취가 매혹적이다. 공들여 차려 낸 디저트 플레이트 같아 보기에 좋다. 그런데 한참 귀 기울이다 보면 뒷덜미가 서늘해진다. 그 이야기 속 인물들이 모두 나를 가리키며 삼엄한 질문을 던지고 있다는 걸 깨닫게 되기 때문이다.

당신은 당신 인생의 주인으로서 책임질 용의가 있는 선택을 하며 살아왔는가? 힘써 노력하는 중에도 당신이 하고 있는 일이 무엇에 기여하는지 자문해 보았는가? 평범한 야망을 좇겠다고 포기한 것들이 뭐였는지는 정확히 알고 있는가? 일개 소시민일 뿐이라는 사실이 타인들에 무심했던 당신의 유일한 자기 옹호라면, 열심히 살았노라는 긍지는 언제고 당신의 부당성을 고발하는 기소장이 되어 날아올 수 있다.

이런 자문자답이 이어지는 내내, 작가는 한 걸음 떨

항전을 주장한 그는 히틀러가 서부 전선을 공격하기 직전까지도 대다수 보수 당원들로부터 집념의 전쟁광이라고 질타당했다.

어진 곳에 서서 미소인지 울상인지 알 수 없는 표정을 한 채로 자신의 등장인물을, 갈팡질팡하는 독자들을 가만히 바라보고 있다. 그의 눈은 냉정하고 심지는 굳건하여 공평무사한 재판관을 닮았다. 누구의 편도 아닌 글쓰기가 힘을 가지려면 기량의 탁월함이 필요한데, 그걸 어려움 없이 해낸다. 작가라는 직업의 프로페셔널리즘은 무엇인지를 생각하게 만드는 소설이다.

◆◆◆

살아생전 생텍쥐페리는 페미나 문학상, 아카데미 프랑세즈 소설 대상 등을 받은 유명 작가기도 했지만, 직업인으로서 그는 일평생 비행기 조종사였다. 1921년, 스물한 살에 공군에 입대한 그는 처음에 정비 부대 소속이었다. 하지만 개인 교습을 받아 조종사 자격증을 땄고, 제대 후 민간 항공 회사에 취직해 1926년부터 우편물을 실어 나르는 수송기를 조종했다.(승객을 태우는 여객기가 보편화되기 전이었다.)

날개가 동체 위아래에 각각 하나씩 나란하게 달린 작은 복엽기에는 조종사와 무전사가 앞뒤로 한 명씩 앉을 수 있는 좌석이 전부고, 한 번 급유하면 최대 열 시간 정도를 운항했다.('어린 왕자'를 만날 때 타고 있던 단엽기 코드론 시문Caudron Simoun 기종보다 훨씬 구식이다.) 이 초기 모델은 대단히 위험한 운송 수단이었다. 매회 비행이 목숨을 건 임무에 가까웠다. 앞서 소개한 처칠의 책에는 영국 군용기와 조종술, 그리고 처칠 자신의 비행 경험을 회고한 장이 있는데, 출격은커녕 조종법을 배우다가 죽는 사례가 빈발했다고 한다.

처칠은 정식 조종사는 아니었으므로 초창기 비행의 온갖 위험성을 위트 있게 묘사하지만, 생텍쥐페리의 글에는 다정하고 과묵한 진짜 조종사의 속 깊은 명상이 대부분이다. 비행은 그에게 그저 한번 체험해 보는 진기한 이벤트가 아니라 매번 절대의 고독을 뚫고 사에서 생으로 돌아오는 힘겨운 싸움이었다. 그는 서른다섯 살 때 파리-사이공 간 신항로 개척 대회에 참가했다가 리비아 사막에 불시착했는데, 물도 식량도 없이 나흘을 버티다 베두인 유목상에게 구조되기도 했다. 이때의 경험을 담은 작품들 중에 외계 소년의 지구 여행기 버전이 『어린 왕자』고, 조종사 아저씨의 사막 탈출기 버전은 『인간의 대지』다.

『야간 비행』은 생텍쥐페리가 본격적으로 집필한 두 번째 장편이다.(첫 장편은 『남방 우편기』였다.) 남미 아르

헨티나에서 유럽 각국으로 우편물을 배달해 주는 항공 회사 직원들 이야기인데, 읽다 보면 눈을 의심하게 된다. 놀랍게도 민항기 조종사들이 화물 수송 업무와 항로 개척을 동시에 한다.(이 부분은 생텍쥐페리 자신의 실화다.) 아무도 날아 본 적 없는 시간대에, 인간을 받아들인 적 없는 하늘에 몸을 맡기고 자기 운명을 시험하다니. 이는 엄청나게 무모한 도전인가 아니면 무슨 사명감을 띤 영웅적 행위였을까.

그렇지 않다. 『야간 비행』에 등장하는 조종사들은 그저 비행을 사랑할 뿐이다. 그리고 자기 일을 사랑하기에 그들은 행복하다. 지상의 인간으로 소박하게 살아가면서 창밖으로 풍경을 내다보는 삶에도 당연히 행복은 있고 슬픔도 있다. 하지만 1700미터 상공에 앉아 점점이 등불을 밝힌 밤의 대지를 고요히 굽어볼 때, 조종사는 이 아름다운 정복자의 삶을 포기할 수 없다고 느낀다. 고단함과 위태로움은 외로운 전투를 택한 자가 치러야 할 대가일 뿐. 그래서 조종사는 자신이 해치운 비행에 대해 말할 때 그저 "대장장이가 자기 모루 이야기를 하듯이" 담담하게 한다. 이 멋지고 용감한 조종사들은 그러나 이 소설의 주인공이 아니다.

조종사들이 '야간'에 비행을 하는 이유는 속도를 따라

잡기 위해서다. "낮 동안에 기차와 배를 앞질렀더라도 매일 밤 시간을 허비한다면 비행기는 운송 수단으로서의 가치를 잃게 된다." 고로 비행기로 사업을 하려면 야간 비행 항로를 개척하는 수밖에 없다. 처음에는 실패가 거듭되겠지만 그럴수록 더 자주 비행기를 띄워야 한다. 매회의 비행 기록, 사고 유형, 기술적 문제 들은 다음번 비행을 위한 귀중한 실험 자료다. 우리는 이 싸움에서 승리할 것이다. 당장은 아닐지라도 언젠가는 반드시. 이것이 부에노스아이레스 우편 항공 회사 소장 리비에르의 신념이다.◆

소설에 묘사된 리비에르의 업무는 여러 가지다. 비행 스케줄을 짜고, 각 구간의 출발과 도착 상황을 체크하고, 밤마다 무전으로 항로를 지시하며, 비행기의 정비 상태는 물론이고 회계 장부까지 점검하는 것. 그야말로 총괄 책임자다. 리비에르가 직원들을 다루는 방식은 냉혹하다 못해 비인간적이다. 그는 비행기가 불시착해서 허송하는 시간이 "금화"처럼 아깝고, 이십 년을 함께한 늙은 정비사의 작은 실수도 눈감아 주지 않는다. "내가 무자비하게 해고하는 것은 그가 아니라 그를 통해 일어난 사고다." 또 악

◆　생텍쥐페리는 이 작품을 디디에 도라에게 헌정했는데, 그는 리비에르의 모델이 된 항공 회사 영업부장이자 생텍쥐페리의 동료였다.

천후를 염려해 이륙을 주저하는 조종사에게는 이렇게 호통친다. "자네는 생각이란 걸 할 필요가 없어. 명령에 따르기만 하면 돼!"

근대 자본주의와 노사 관계로만 단순화해서 본다면 리비에르는 악덕 경영주다. 또 목숨을 담보로 하는 아슬아슬한 도전은 치기만만한 소영웅주의에 물든 사내들의 철부지 놀음으로 폄하될지 모른다. 그러나 이것은 매우 특수한 상황에서 극히 예외적인 임무를 수행해야 했던 직업에 관한 이야기, 그리고 "인간의 행복은 자유 속에 있지 않고 의무를 받아들이는 데 있음을 밝혀 주려는"(앙드레 지드) 이야기다.

> **나는 공정한가 부당한가. 나는 모른다. 다만 내가 엄격하면 사고가 줄어든다. 만일 내가 지극히 공정하게 한다면 야간 비행은 매번 치명적인 위험에 노출될 것이다. …… 신전들을 쓰러뜨리는 것은 작은 담쟁이덩굴이다. …… 정원사가 잔디와 벌이는 끝없는 싸움도 마찬가지다. 그는 투박한 손으로 자꾸만 솟아나 원시림을 이루려는 풀포기들을 거듭 땅속으로 돌려보낸다.**

리비에르는 야간 비행 하는 조종사를 "밤새 병마와

싸우는 아이"로 여긴다. 그는 아픈 아이를 돌보는 시름 깊은 아버지다. "사랑하는 것, 그저 사랑하기만 한다는 것은 막다른 골목이 아닌가!" 그래서 리비에르는 조종사들에게 호감을 얻고자 인간적 제스처를 보이는 비행 감독관에게 충고한다. "자네는 많은 사람들의 목숨을 좌지우지하는 사람이야. 그들 목숨은 자네 것보다 훨씬 값지지. 자네는 상사니까 자기 자리로 돌아가게. 부하들을 사랑하되 사랑한다는 말은 하지 말고 사랑하도록."

리비에르는 혼자만의 사념 속에서조차 비정하지만 그가 지키려는 것은 희망이고, 그가 막으려는 것은 죽음이다. 그래서 그의 가혹한 말들이 그토록 절절히 울리는 것이다. "인간의 생명만큼 값나가는 것이 없다 해도 우리는 늘 인간의 생명보다 더 값진 무언가가 있는 것처럼 행동하지. 과연 그게 무얼까?"

사실 리비에르만큼 조종사들과 끈끈하게 이어진 인물도 없다. 뇌우에 갇혀 항로를 이탈한 조종사 파비앵은 무전 교신마저 끊기자 절망적인 상태에서 지상의 명령을 기다린다. "누가 나더러 빙빙 돌라면 나는 빙빙 돌겠다. '기수를 240도 방향으로!' 하고 지시하면 기수를 240도 방향으로 돌릴 것이다. 그러나 그는 혼자뿐이었다." 삼십 년 경력의 리비에르는 아는 것이다. 고독한 조종사에게 진짜로 필요한 게 무엇인지를.

일 초 일 초가 피처럼 진하게 흐른다. 아직도 비행하고 있을까? 흐르는 시간은 파괴를 뜻한다. 매 초가 무언가를 앗아 간다. 파비앵의 목소리, 파비앵의 웃음, 파비앵의 미소를.

◆ ◆ ◆

지난 이십 년간 과학 분야에서 가장 많이 팔린 책이라면 칼 세이건의『코스모스』, 리처드 도킨스의『이기적 유전자』, 그리고 스티븐 핑커의『빈 서판』정도가 아닐까 싶다. 그렇지만 내가 가장 좋아하는 과학책을 꼽으라면 첫째는 항상 브라이언 그린의『엘러건트 유니버스』다.

사람들이 이 책을 많이들 읽지 않아서 아쉽다. 브라이언 그린도 하버드와 옥스퍼드를 졸업했고, 코넬 대학교 물리학과 교수를 거쳐 지금은 컬럼비아 대학교에서 물리학을 가르치고 있는 교수니까 학벌로나 이력으로는 다른 분들에게 안 밀리는데. 무엇보다『엘러건트 유니버스』만큼 잘 쓰인 과학책은 지금껏 본 적이 없고, 양자물리학을 이렇게나 쉽고 재미있게 설명할 수 있는 과학 저자는 다시없을 것이 거의 확실한데 말이다.

그 이유를 좀 생각해 봤더니, 그럴 만도 하다. 그린이 다루고 있는 분야 자체가 진화론이나 천체물리학에 비해 생소하고, 일반인이 직관이나 경험으로 이해하기는 쉽지 않다. 하지만 『엘러건트 유니버스』가 과학자들에게까지 홀대받는 이유는 아마도 그린이 주장하는 '초끈 이론'이 아직까지 실험으로 검증되지 못했기 때문일 것이다.

현대 물리학은 크게 이론 물리학과 실험 물리학으로 나눌 수 있는데, 이론 물리학자가 디자이너라면 실험 물리학자는 재단사와 같다. 이렇게 말하면 디자이너가 훨씬 근사한 직업 같지만 현실은 그렇지 않다. 왜냐하면 제아무리 멋진 디자인이라도 재단사가 옷을 만들어 주지 않으면 종이 쪼가리 위의 낙서에 불과하니까. 예를 들어, 1964년에 우주를 구성하는 물질의 근본이 되는 입자인 '힉스 입자'의 존재를 예견한 핵물리학자 피터 힉스는 아주 오랜 시간 동안 실험 물리학자들의 조롱거리였다. 이 궁극의 입자를 어마어마한 수학식을 동원해 설명하려는 이론가들의 열정을 두고 어느 실험 물리학자는 "사라진 양말을 찾는 데나 도움이 될 것"이라고 했다.◆

◆　『신의 입자』, 리언 레더먼, 딕 테레시, 박병철 옮김, 휴머니스트, 2017

피터는 2012년 세른〔CERN, 유럽 입자물리 연구소〕의 입자가속기〔LHC〕에서 힉스 입자의 반응이 미세하게 검출됨으로써 여든네 살의 나이로 마침내 노벨 물리학상을 받았다. 이론 물리학이란 이처럼 실험 물리학자 수십만 명이 어딘가에서 어떤 방법으로든 그 가설을 검증해 줄 때까지, 한 세대 후나 때로는 다음 세기까지도 기약 없는 기다림을 감내해야 한다. 하지만 힉스처럼 자기 이론의 실험 결과를 살아생전에 확인하는 경우는 운이 좋은 축이다. 아인슈타인도 그 이론이 발표된 지 백사 년 만인 2019년 4월에야 비로소 완벽히 입증된[♦] 대표적 이론 물리학자다.

브라이언 그린의 초끈[♦♦] 이론은 소립자의 상태가 '진동하는 현처럼 요동치는 1차원의 아주 짧은 끈'[♦♦♦]이라는 가설이다. 여기까지만 읽고 벌써부터 흥미가 뚝 떨

[♦] 이벤트 호라이즌 망원경(EHT) 프로젝트 팀이 전 세계 8대의 전파 망원경을 가상으로 동시 연결해 실제 블랙홀을 관측, 사진 촬영에 성공하면서 아인슈타인의 예견이 옳았음을 확인했다.

[♦♦] superstring. 슈퍼스트링이란 슈퍼맨의 슈퍼 파워 끈 같은 건 아니고, "자연계에 존재하는 힘들뿐 아니라 그 힘을 기술하는 수학 체계까지 통일시키고자 하는 이론들의 속성인 초대칭성"을 가진 끈이라는 의미에서 붙여진 이름이다.

[♦♦♦] 끈의 길이는 플랑크 길이인 "10억×10억×10억×100만분의 1센티미터, 즉 10^{-33}센티미터"보다 '조금' 짧다.

어진다면, 그건 전적으로 내 잘못이다. 그린 교수님은 대단히 명쾌하면서도 한 페이지에 한 번씩은 폭소가 터질 만큼 유머러스하게 이 난해한 이론을 설명하고 계시다. 그러니 부디 판단은 그의 책을 직접 읽고 해 주시길.

초끈 이론을 학문적으로 설명하자면 엄청난 수학이 필요하고, 대부분의 과학자들이 초끈 이론을 받아들이지 못하는 이유 중에 수학도 한몫한다고 한다. 반면, 초끈 이론이 매력적이라면 그 이유는 상대성 이론과 양자역학이 서로 충돌하는 지점의 문제들♦을 해결한 '대통일 이론 Grand Unified Theory'일 가능성 때문이다. 그린은 수학식을 전혀 쓰지 않고 일상어 문장만으로 이 대단한 이론을 술술 풀어낸다. 이것은 진짜 굉장한 재능이다.

그러나 안타깝게도 고작 둘레 27킬로미터짜리 훌라후프[LHC] 한 대를 보유한 현 인류가 더없이 완벽하고 우아한 초끈 이론을 실험으로 증명할 가망은 없다. 혹시

♦　아인슈타인의 이론을 극악무도하게 축약해 설명하자면, 특수 상대성 이론은 빛과 속도에 관한 이론이고 일반 상대성 이론은 중력에 관한 이론이다. 상대성 이론은 우주 스케일의 거시 세계를 다루고 양자역학은 말 그대로 양자 수준의 초미시 세계를 다룬다. 그런데 언제나 옳은 상대성 이론이 양자 세계에서는 틀려진다. 입자에는 빛과 중력이 우리가 경험하는 것과 '다르게' 작용하기 때문이다. 이 모순을 제거해 양자장에서나 중력장에서나 동일하게 들어맞는 입자의 상태로 제시된 것이 초끈이다.

인간이 헵타포드와 우주에서 골프를 치는 수준으로 과학이 발달하면 가능할지도. 그러니 그린이 노벨 물리학상을 받고 『엘러건트 유니버스』가 새로운 차원으로 인류를 인도하는 예언서가 될 리도 없을 것이다.

그래도 나는 이 책을 특히 지금 이 순간이 즐거워서 일 분 일 초가 아까운 사람들에게 적극 추천한다. 또 초끈 이론을 허세 가득한 일단의 현학자들이 주장하는 허무맹랑한 공상으로 치부하는 다른 과학자들과, 물리학에 대한 기초 지식을 쌓고 싶은 모두에게도 추천하겠다. 『엘러건트 유니버스』는 아인슈타인의 상대성 이론은 물론이고, 슈뢰딩거의 파동함수, 하이젠베르크의 불확정성 원리, 파인먼의 경로합 이론,(헵타포드가 미래를 아는 비결이 이 이론과 관련 있다.) 칼루차-클레인 평면 등, 현대 물리학의 (거의) 모든 이론을 차근차근 꼼꼼히 알려 준다. 그런 다음 모든 내용이 전반적으로(한 10퍼센트쯤?) 이해될 즈음 웅대한 우주 교향곡을 연주하기 시작하는 것이다. 훌륭한 레슨 선생님에게 바이올린을 사사해 카네기홀에 입성하는 기분이 실로 이런 것일까.

선입견만 버린다면 초끈 이론은 누구나 즐길 수 있는 사랑스러운 이론이다. 그중에서도 중요하고 인상적인 한 대목만 설명을 시도해 보겠다. 초끈 이론에 따르면, 우주는 11차원이다.♦ 10차원 공간에 시간 차원 1이 더해졌다. 그런데 인간은 왜 3차원 이상은 전혀 인식하지 못하는 걸까. 왜냐하면 여분의 차원들이 '숨겨져' 있기 때문이다. 그린은 이를 수도용 호스 위로 기어가는 개미에 비유한다.

계곡의 한쪽 끝에서 다른 쪽 끝까지 아주 긴 수도용 호스가 가로놓여 있다. 500미터쯤 떨어진 곳에 있는 관찰자인 우리에게 호스는 굵기[2차원]가 없는 선[1차원]으로 인식될 것이다. 이때 개미 한 마리가 호스 위를 기어가고 있는 걸 본다면, (경이로운 시력을 가진) 우리는 그 개미의 좌표를 선분 위의 점으로 표시할 것이다. 그러나 실제는 어떤가. 개미는 2차원 곡면을 이동 중이고, 우리는 그 개미를 보고 있는 중인데, 다 합해 봐야 여전히 3차원이다……. 우주 호스는 고무관처럼 둘둘 말리고 접히고 꼬인 상태고, 우리의 지각 능력은 호스를 따라 기어가는 개미를 보는 정도에 불과하다. 우주가 11차원이라는 사실을 '느낄' 수 없는 게 당연하다.

호스형 우주의 굵기가 너무 가늘어서 어느 누구도 굵기를 감

♦ 부정적으로 말하자면, 수학적으로 계산했을 때 우주가 11차원이어야 끈 이론이 들어맞는다는 뜻이긴 하다.

지할 수 없다면, 이곳에 사는 생명체들은 이 우주가 1차원이라고 하늘같이 믿고 있을 것이다.(그곳에 아인슈타인이라는 개미가 살았다면, 그는 우주가 1차원 공간과 1차원의 시간, 즉 2차원 시공간을 갖고 있다고 주장했을 것이다.)

갑자기 시야가 선명해지면서, 혹시 나도 그 1차원 일개미들 중 하나일지 모르지만, 안심이 된다. 그래, 이건 나만 이해가 안 되는 게 아니었어. 지금 시간이 아깝다고 느낀다면, 그것은 당신이 시간의 가치를 깨닫기 시작했다는 뜻이고, 조금 더 의미 있는 삶을 살고자 열망한다는 뜻이다. 설령 우리가 깊은 계곡 위로 줄타기를 하고 있는 개미일지라도, 호스 위의 행복이라는 게 있지 않겠는가. 인간의 한계는 자명하다. 기쁨도 즐거움도 고통도 시름도 모두 한순간이다. 그래도 『엘러건트 유니버스』를 읽는 동안은 당신의 시간이 충만해지고 아주아주아주 조금 늘어날지 모른다.

긴 여행을 떠날 때 가져가겠어요

『방랑자들』
『수학의 확실성』

이 글을 세 번째로 다시 쓰고 있다. 새로 쓸 때마다 추천 도서도 바뀌는 중이다. 왜 이렇게 안 써지나. 스스로에게 물어보았더니 이런 대답이 들려왔다. 솔직하지 않으니까. 그렇다. 나는 여행을 싫어한다. 여행하면서 책 읽는 것은 더 싫어한다. 그런데 왜 여행지에 가져갈 책을 추천하려 하냐고? 사람들이 가장 하고 싶어 하는 것 중 하나가 여행이라니까. 남들은 다 원한다는데, 나만 "안 하고 싶습니다만" 이러면 삐뚤어진 인간처럼 보일까 봐. 진심을 말하지 못했다.

집 떠나면 개고생이라고 생각하는 편이다. 온갖 여행 프로그램이 왜 인기가 있는지, 사람들의 버킷 리스트에서 어째서 늘 여행이 빠지지 않는지, 잘 모르겠다. 물론 나도 여행 비슷한 걸 해 봤다. 지금보다 훨씬 어렸을 때. 당시

엔 강박 같은 게 있었다. 젊은이는 여행을 해야 한다고 세상이 말했다. 젊은 애가 집구석에 처박혀 있으면 어른들의 지청구를 들었다. 그 좋은 청춘을 썩히고 앉았다고. 밖에 좀 나가 보라고. 인생의 가장 값진 자산은 경험이라고. 세상은 넓다고. 견문을 넓히라고. 그래서 여기저기 돌아다녀 봤다. 하지만 여행 중에 겪게 되는 시련들(실망, 다툼, 어긋나는 계획, 예상치 못한 사건 사고, 끼니와 잠자리와 돈 걱정 등)을 곱씹어 보면 결론은 항상 이렇게 났다.

여행은 인생의 축약판이고, 축약판은 아무리 잘 쓰였어도 원전을 능가할 수 없다, 지금 이곳의 내 삶이 유일하고 최선인 여행이다, 이런 생각을 가지고 있다. 게다가 내 경우, 책은 조용한 방 안에서 혼자 읽을 때가 가장 좋기 때문에 아끼는 책을 들고 어디를 막 돌아다니고 아무 데서나 펼쳐 보다 깔고 앉고, 베고 눕고, 덮고 졸고 그러기는 내키지 않는다. 그러면서 무슨 여행용 책 추천이람. 아무래도 이 꼭지는 못 쓰겠다. 거의 포기하려던 찰나. 한 권의 책이 구원처럼 쿵 하고 떨어졌다.(택배 상자가 문 앞에 던져지는 소리였을지도.)

◆ ◆ ◆

올가 토카르추크는 2018년 노벨 문학상 수상 작가다. 스웨덴 한림원 위원의 성추행 사건으로 2018년에 문학상 시상을 하지 못한 노벨 위원회가 2019년 수상자 페터 한트케와 함께 2018년 수상자로 그녀를 선정, 뒤늦게 발표했다. 이를 두고 《가디언》이 뽑은 헤드라인은 "노벨상에 필요했던 레게 머리 페미니스트 수상자"였다. 《가디언》의 시니컬한 논평은 늘 고소한 재미를 안겨 주지만, 이번만은 눈살이 찌푸려졌다.

소급 선정도 억지스러운데, 일반 대중에겐 듣보잡인 폴란드 출신 작가라니, 확실히 눈에 띄는 수상자긴 하다. 《가디언》이 꼬집은 것처럼 한림원의 선택에는 분명 정치적 고려가 있었을 것이다. 그녀의 대표작으로 알려진 『방랑자들』은 2007년 폴란드어로 발표된 후 십 년 만에 영국의 작은 독립출판사에서 영역본이 출간되었다. 그 덕분에 2018년 영국의 부커 상 외국문학 부문 수상작으로 선정될 수 있었다. 토카르추크라는 작가가 노벨 위원들의 눈에 확 들어온 것도 어쩌면 부커 상이 계기였을지 모른다. 일각에서는 최근 폴란드에 출현한 '비자유주의적 민주주의'라는 새로운 형태의 독재에 맞서 소수당의 목소리를 내고 있는 작가의 정치 행보가 수상에 영향을 미쳤을 거라는, 진짜로 정치학적인 분석도 나온다. 그녀의 수상 소식을 접한 폴란드 집권당과 지지자들은 "서구 좌파들이 민족주의 정권을 물리치려고 폴란드 스파이들을 지원한 것"이라고 했단다. 한 나라를 이렇게까지 분열시킬 수 있 다니, 참으로 대단한 상이 아닐 수 없다.

그러나 확실히 해 둘 것이 있다. 지금껏 노벨상은 모 종의 정치력을 발휘하지 않은 적이 단 한 번도 없었을 만 큼 정치적인 상이다. 올가 토카르추크보다 훨씬 오랫동 안 자신의 모국어로 훌륭한 작품을 써 온 작가들이 많을 것이다. 그들 중 거의 모두가 노벨상은 받지 못할 것이다. 그에 반해 토카르추크는 절묘한 영역본 출간 타이밍, 페 미니즘 트렌드, 자국의 긴박한 정치 상황이라는 삼박자가 맞아떨어져 노벨상의 영예를 거머쥐게 되었다. 그게 다 맞고 사실이라고 해도, 일생에 한 번뿐인 큰 상을 받은 작 가에게 선사하는 타이틀치곤 너무 꼬인 거 아닌가. 괜히 내가 비아냥거림을 당한 듯 불쾌해져서 그 책을 읽어 보 게 됐다.

그리고 두려움과 안도감을 동시에 느꼈다. 먼저 두 려움에 대해 말하자면, 나는 이런 글을 쓸 수 있는 사람이 무섭다. 엄밀히는 경외감인데, 그것도 어지간히 떨어져서

볼 때나 할 수 있는 말이고, 실제로 이런 사람과 정면으로 마주한다면 나도 모르게 무릎을 꿇게 될 것 같다. 자기 내면에 엄청난 힘을 갖고 있으나 그것을 전혀 사용하지 않는 사람. 방랑자를 넘어 수도자적인 삶을 사는 사람. 차안과 피안, 세속과 신성의 경계선 위로만 걷는 고독자. 이 글을 쓴 사람은 분명 그런 존재일 것 같다. 이것은 600쪽에 달하는 긴 소설이지만, 116개의 작디작은 조각글들로 이루어져 있다. 산문에 가까운 글이 더 많고, 관습적 서사(발단, 전개, 절정, 결말의 기승전결 구조)는 희미하게만 발견된다. 이러한 형식 자체가 온갖 '스토리'가 넘쳐 나는 세상에서 글쓴이가 살아가는 방식을 반영한다.

나의 첫 여행은 걸어서 들판을 가로지르는 것으로 시작되었다. 홍수 방지용 제방에 서서 흐르는 물살을 바라보노라면, 아무리 위험해도 정체된 것보다는 움직이는 편이 훨씬 낫다는 생각이 들었다. 내게는 지속성보다는 역동성이 한결 가치 있게 느껴졌다.

부모님은 캠핑카 세대였다. 그들은 유목민이었다. 어디론가 계속 가기 위해 마지못해 짐을 꾸렸지만, 두 분은 늘 집의 형이상학적인 궤도에 갇혀 있었다. 부모님은 돌아오기 위해 길을 떠났으므로 진정한 여행자는 아니었다.

내 모든 에너지는 움직임에서 비롯되었다. 나의 몸집은 이동과 운반에 편리하다. 크지 않고 조밀하다. 나는 아무것도 수집하지 않는다. 약간의 돈이 모이면 곧바로 여행길에 올랐다.

나는 크고 황량한 사회주의 도시에서 심리학을 전공했는데, 우리 모두에겐 내면에 깊이 감춰진 결함이 있다. 아무런 보호막도 없이 세상을 있는 그대로 정직하고 용기 있게 직면하게 된다면 아마도 우리의 심장은 터져 버리리라.

내 여행에 관한 기록은 따지고 보면 질병의 기록이다. 나는 신드롬을 앓고 있다. '재발성 해독 증후군'이다. 망가지고 손상되고 상처 나고 부서진 모든 것에 자꾸만 끌리는 것. 이것이 나의 증상이다. 내 감수성은 기형학(畸形學)이나 괴짜를 향하고 있다.

여기까지, 고작 33쪽을 읽고 이미 나는 항복이었다. 『방랑자들』은 여행자에게 완벽한 길동무다. 침착하고 대범하며, 박학다식하되 수다스럽지 않다. 경험이 풍부하고 노련하지만 꼭 필요한 순간이 아니라면 끼어들지 않는다.

질척이지 않는 건식의 유머 감각을 가졌고, 탄복할 만한 인내심으로 기다려 준다. 이런 책을 읽기 위해서라면 당장이라도 짐을 꾸려 어디로든 떠나야겠다. 본말이 전도되긴 했지만 오직 책을 읽기 위해 떠나는 긴 여행이라니 근사하지 않은가. 그러나…….

현실의 나는 전혀 근사하지 못해서 이토록 완전한 여행은 할 수 없을 것이다. 선입견으로 가득한 마음, 눈을 감고 세상을 보는 편협함, 기약 없는 이동에 대한 조바심과 불안, 얄팍한 감수성, 좁쌀만 한 아량. 나는 관광이나 휴양이 아닌 진짜 여행, 또는 '순례'를 할 만한 위인이 못 된다. 나는 정신도 육체도 모두 나약해서 진실은커녕 진실의 그림자조차 제대로 보기가 겁난다. 그런데 불현듯 궁금해진다. 철마다 어디론가 떠나려 애쓰는 그 많은 여행객들 중에 진짜 여행자는 얼마나 될까. 올가 토카르추크를 기준으로 놓고 보자면, 그런 사람은 정말 드물어서 거의 찾기 힘들 것이다. 바로 이 점이 나를 안도하게 한다. 나의 평범함을 숨기지 않아도 되어서.

『방랑자들』은 한 여행자가 세상을 돌아다니다 마주한 사람들 장소들 시간들 사건들을 기록하고 있다. 하나같이 어딘가 상해 있거나 뒤틀렸거나 기이한 구석이 있는데, 그 모두가 우리 자신과 어딘가 닮았다. 흘러가는 파편 같은 그 이야기들을 한참 읽다 보면 알게 된다. 세상에는 나와 다른 사람들이 참 많다는 것을.

우리는 모두 같은 인간 종이지만 서로는 각자 다른 개인이다. 그러니 비범한 에너지를 가진 어떤 사람을 보았다면 세상의 잣대로 왈가왈부하지 말고 내버려 두자. 그러면 그들은 자기 속에서 빙하처럼 차고 자작나무 숲처럼 청량한 공기를 만들어 낼 것이다. 그들 중 누군가, 가령 토카르추크 같은 사람이 노벨상을 받으면, 그가 뿜어내는 상쾌한 날숨은 욕망으로 부글대는 세상의 열기를 식혀 줄 것이다.

다시 생각해 보니 노벨상에도 고맙다. 노벨상이 종종 잘하는 일은 출판 '시장'에서 무명인 작가를 세계적인 작가 반열에 올려놓는 것이어서, 지도 속 작은 얼룩 같은 나라의 게으른 독자에게까지 이런 책을 알게 해 준다. 땡땡하게 부어오른 마음속 화농을 가라앉혀 주는 고약 같은 책, 미세먼지 자욱한 삶에 공기 청정기 같은 책, 『방랑자들』을 여행자에게 (그리고 여행하지 못하는 자에게도) 절대 추천한다.

◆ ◆ ◆

좋아하지만 추천하지 않는 책들이 있다. 이유는 책마다 다른데, 이 책의 경우는 두 가지다. 첫째는, 내가 이 책의 내용을 확실히 이해했는지 확실치 않아서. 둘째는, 사람들이 이런 책을 읽고 싶어하는지 확실히 알지 못해서. 그럼에도 불구하고 여행자에게 이 책을 추천하는 이유 역시 두 가지다. 첫째는, 이 책의 내용이 보통 사람들의 일상과 워낙 동떨어져 있어서, 당신이 지구상 어디에 있건 페이지를 펼치는 즉시 눈앞에 닥친 현실을 잊게 되기 때문에. 둘째 이유는 조금 개인적인데, 나에게 독서란 책 안에 구축되어 있는 다른 시공간으로 빨려 들어가는 경험, 일종의 시간 여행 또는 순간 이동 체험이다. 현실의 여행에 대해선 잘 모르지만, 한 번쯤은 내가 종종 하고 있는 이 시공간 여행을 누군가와 나눠보고 싶은 마음이다.

지난 2500년 동안 인류가 탐구해 온 수학의 역사를 역동적이면서도 정묘한 필치로 그려 낸, 수학의 진경산수화라고 거칠게 요약할 수 있는 그 책의 제목은 『수학의 확실성: 불확실성 시대의 수학』이다. 수학의 여러 영역 중에서도 특히 첨예한 논쟁이 있었던 주제들을 다루었는데, 한참 몰두해 읽다 보면 '2+2=4라는 자명한 수학이 실은 수학적으로 완벽하게 증명되지 않았다♦'와 같은 충격적 사실을 접하게 된다.

물론 당신은 수학이라는 말만 들어도 뇌가 마비되는 문과생일 수 있다. 나 역시 손가락 개수를 넘어가는 덧셈만 하려 해도 저절로 다리를 떨게 된다. 그렇지만 이것은 수학이 아니라 '수학의 의미'를 생각해 보는 책이고, 수학의 의미를 생각한다는 것은 인간의 진리라는 것이 얼마나 허약한 토대 위에 세워지는 아성인가를 깨닫는 일이다. 그러니까 이 책은 이지적이고 유려하게 수학의 약점을 탐구한 대반전의 책인 것이다.(그래서 출간 당시 수학계로부터 "경솔하다"는 비판을 받았다고.) 그러한 예들 중 하나를 살펴보자.

나란한 두 직선은 서로 만나지 않는다.

동어반복에 가까운 이 문장은 의심의 여지없이 자명

♦ 기초수학에서 정수는 '집합론'으로, 자연수의 사칙연산은 '수학적 귀납법'으로 증명한다. 하지만 집합론과 수학적 귀납법은 그 자체로는 무모순성을 극복할 수 없다. 왜냐하면 1을 증명하는 데 바로 그 1을 사용하는 방식의 '환원'이기 때문이다. 천재 수학자 푸앵카레(1854~1912)는 매우 복잡한 기호를 사용해 자연수 1을 정의한 한 논문에 대해 이렇게 빈정거렸다. "1이라는 수를 전혀 들어보지 못한 사람들에게 1의 개념을 심어 주기에 매우 적절하다. 하지만 이 정의에는 선결문제 요구의 오류가 있다. 앞에서는 '1'이라는 수가 나오고 뒤에서는 '하나'라는 단어가 나오기 때문이다."

하다. 평행선을 수학으로 정의한 최초의 인물은 기하학의 창시자로 일컬어지는 고대 그리스 수학자 유클리드다. 그는 기하학을 위한 열 가지 공리◆를 천명했는데, 두 점을 지나는 직선은 한 개뿐이다, 모든 직각은 서로 같다 등이 그것이다. 이러한 명제들은 반박 불가능하며 별도의 증명을 요구하지 않기 때문에 '무증명 정리'라고 한다. 그런데 유클리드의 제5공준에는 조금 문제가 있다.

'한 평면 위의 한 직선이 그 평면 위의 다른 두 직선을 지날 때, 같은 쪽에 있는 두 내각의 합이 2직각〔180도〕보다 작다면, 이 두 직선을 연장할 경우 2직각보다 작은 쪽에서 서로 만난다.' 굉장히 어지럽게 서술되어 있는 이 문장이 바로 평행선의 정의다.(실은 평행선을 정의하는 대신 평행선이 아닌 경우를 정의함으로써, 배중률〔어떤 명제와 그것의 부정 가운데 하나는 반드시 참이라는 논리학 법칙〕에 따라 평행선 개념을 도출했다.) 오늘날 중학교 교과서에서는 이것을 '직선 밖의 한 점을 지나며 그 직선에 평행한 직

◆　유클리드는 공리 5개와 공준 5개를 나누었는데, 공리는 순수 논리 명제고 공준은 수학 명제다. 그중 평행선 공리는 5번 공준으로 제시되었다. 하지만『수학의 확실성』에서 저자는 둘을 구분하지 않고 '열 가지 공리'라고 쓰고 있다. 명제를 증명 없이 사용한다는 점에서는 아무런 차이가 없어, 오늘날은 대체로 공준도 공리라고 한다.

선은 단 하나 있다.'라고, 조금 쉽게 바꿔서 가르친다.

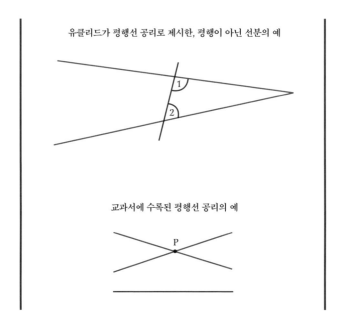

유클리드가 평행선 공리로 제시한, 평행이 아닌 선분의 예

교과서에 수록된 평행선 공리의 예

하지만 수학을 모르는 우리들은 의아하다. 수학이 평행선을 다루는 방식은 마치 철사로 엮은 꾸러미에 달걀을 담아 나르듯이 조심스럽다. 어째서 수학은 초등생도 알아들을 만한 쉬운 표현을 놔두고 굳이 이렇게 복잡하게 말할까. 그 이유는 평행선을 논할 때 암묵적으로 전제되어 있는 공간의 '무한성'을 정의할 수 없기 때문이다. 즉, 인간 인식과 경험의 한계라는 문제를 피하고 오로지 수학의

문제로만 국한시키기 위한 방편인 것.

고대 이집트 바빌로니아에서 시작된 지오메트리〔geometry, 기하〕는 원래 토지〔geo-〕 측량〔-metry〕을 위해 만들어졌다. 수학책에서는 원의 넓이, 육면체의 부피와 같이 도형의 면적을 계산하는 문제로 제시된다. 19세기까지 유클리드의 『원론』은 기하학의 시작이자 완성으로, 현실 공간에 관한 확고부동의 진리로 여겨졌다. 한데, 이탈리아 수학자 사케리〔1667~1733〕가 유클리드의 평행선 공리를 증명하려다 이상한 점을 발견했다. 즉, 유클리드의 다른 아홉 가지 공리로 평행선 공리를 도출하는 것이 불가능했던 것이다. 평행선 공리는 나머지 공리들과 별개로 존재하는 듯 보였고, 신성불가침에 가까웠던 유클리드 기하학의 일대 "스캔들"로 소문이 났다. 이후 여러 수학자들이 평행선 공리 문제를 해결하려 시도했으나 방법을 찾지 못했고, 마침내 가우스〔1777~1855〕는 "평행선 공리가 성립하지 않는 기하학이 논리적으로 가능하다"는 생각을 하기에 이르렀다. 이로부터 탄생한 것이 비유클리드 기하학이다.

비유클리드 기하학은 곡면 기하학이라고도 불린다. (이에 비해, 유클리드 기하학은 평면 기하학이다.) 지구처럼 둥근 물체 위에서는 평행으로 보이는 선분들도 언젠가는 어느 지점에서 만나게 된다. 따라서 곡면 기하학은 구球의 곡률을 기하 문제 계산에 포함시킨다. 비유클리드 기하학은 로바체프스키, 보여이를 거쳐 리만(1826~1866)에 이르러 3차원의 물리 공간에 적용되는 기하학으로 완전히 자리 잡았다.♦ 리만은 "유클리드의 공리가 자명한 진리라기보다는 경험적 진리"라는 점을 보여 주었으며, "이 과정에서 경계가 없는 공간과 무한 공간을 구별했다."(구는 경계가 없지만 무한은 아니다.) 그리고 20세기에 이르자 아인슈타인의 상대성 이론을 통해 질량을 가진 물체가 있으면 반드시 그 주변 시공간이 '휘어진다'는 사실이 밝혀졌다. 고로 이 우주에 곡률이 0인 공간은 사실상 존재하지 않으며, 비유클리드 기하학이야말로 진정한 현실에 더 부합한다.

그렇지만 이것이 곧 유클리드 기하학의 폐기를 뜻하지는 않는다. 왜냐하면 보통의 인간들이 경험하는 보통의 세상은 여전히 가없이 평평하기 때문이다. 전파 망원경으로 블랙홀을 관측하는 시대에도 우리들 대다수는 지구는

♦ 리만이 밝혀낸바, 유클리드의 평행선은 곡률이 0인 공간(무한히 평평한 곳)에서만 가능하며, 곡률이 1이면 구면이 되어 평행선이 불가능해진다. 반대로 곡률이 -1이면 말안장처럼 휘어진 공간이 되고, 여기서는 평행선이 무수히 많아진다.

판판하고 양끝에는 대양이 펼쳐져 있으며 우리 머리 위로 태양이 돌고 있다고 믿었던 고대 그리스인들과 별반 다르지 않은 공간 지각을 견지하며 살아가는 것이다. 달라진 점이라면, 결코 틀릴 수 없다는 확신이야말로 가장 불확실한 믿음이라는 것을 아는 정도.

논리와 형식으로 이루어진 수학은 추상적이고 선험적인 진리를 담고 있기 때문에 완전하고 불변이다. 수학이 실험과 검증의 문제를 겪는 다른 모든 과학의 토대일 수 있는 이유다. 하지만 탁월한 응용수학자인 모리스 클라인은 수학 또한 얼마나 많은 부분에서 불확실한 경험과 증명 불가능한 직관에 기대고 있는지를 온화하게 그러나 철두철미 드러낸다. 『수학의 확실성』에는 '이토록 굳건한 수학'이라는 믿음에 반하는 새로운 발견이 이루어질 때마다 일어났던 격렬한 저항의 예들이 수두룩하다.

범접할 수 없는 천재를 자랑한 위대한 수학자들조차 허수(i)나 복소수[$a + b\sqrt{-1}$과 같이 실수와 허수의 합으로 이루어지는 수] 같은 개념을 흔쾌히 받아들이는 데 수백 년이 걸린다. 또 일반인에게는 외계어처럼 들리는 복잡한 수학 이론을 자유자재로 다루는 전문가들이 집합 개념의 모순과 맞닥뜨리자 어떻게든 이를 극복하려고 허둥거리면서 갖은 꼼수와 임기응변으로 대응하는 모습은 아름다운 무대 뒤 난장판이 따로 없다. 인정할 수 없는 진리에 직면한 인간은 그것을 피하거나 외면하기 위해 있는 힘껏 노력한다. 칸토어〔1845~1918〕는 이를 "무지 보존의 법칙"이라고 유머러스하게 비꼬았다.

그럼에도 많은 시간이 지나고 나면 결국은 새로운 진실이 받아들여지는데, 이는 사람들이 대오 각성하거나 더 똑똑해졌기 때문이 아니다. 가령, 수학자들이 비유클리드 기하학을 받아들이게 된 이유에 대해 저자는 양자역학의 창시자인 막스 플랑크의 말을 인용해 유쾌하게 적시한다. "새로운 과학적 진리가 득세하는 이유는 반대자들이 결국에는 죽게 되고 이 새로운 진리에 익숙한 새 세대가 성장하기 때문이다."

당신이 수포자건 수학자건 『수학의 확실성』을 읽어 보길 권한다. 이 책이 놀라운 이유는 수학의 괴팍한 문제들을 누구나 (조금만 노력하면) 이해할 수 있도록 쉽고 명쾌하게 설명하고 있기 때문이 아니라, 수학을 탐구하는 인간의 편향성을 적나라하게 보여 주기 때문이다. 우주 만물의 패턴을 알아내고자 하는 인간의 발버둥질에는 늘 자가 당착의 요소가 있다. 더 많은 앎을 추구할수록, 더 큰 성취가 이루어질수록, 과거의 법칙은 스스로의 발에 걸려 넘어지고 만다. 그렇지만 그 모든 시행착오에도 불구하고

"수학의 성취는 인간 정신의 성취"라고, 너무도 인간적인 수학자 클라인은 진심을 다해 격려한다. 수학은 인간이 지식이라는 '다리橋閣'를 건설하기 위한 기본 도구고, 덕분에 우리는 세계의 신비를 파헤치고 문명을 진보시키는 과업에 용감하게 도전할 수 있다.

이런 책을 여행자에게 추천하는 저의를 의심하는 분들도 분명 있을 것이다. 여행하면서 책 읽는 걸 싫어한다더니, 남까지 읽지 못하게 훼방을 놓는 것이냐. 그런 거 아니고요…… 저는 언제 어디서건 이 책을 읽고 있노라면 투명한 공 모양의 우주선을 타고 은하를 여행하는 기분에 빠져들곤 합니다. 광막한 우주 공간에 알알이 박힌 수들이 별처럼 반짝거리는군요. 무한히 생성되고 소멸하는 다각형들과 다면체들이 스치듯 곁을 지나가네요. 이따금 해괴하게 생긴 숫자 뭉치들도 눈에 띄는데, 그것은 인간이 아직 이름 붙이지 못한 미지의 수식입니다. 만일 당신이 우주여행을 계획하고 있다면 저는 당신의 캐리어에 『수학의 확실성』을 슬쩍 넣어 두겠습니다. 머나먼 우주를 하릴없이 떠돌다 보면 언젠가는 지적인 외계 생명체와 조우하게 될지 모릅니다. 그때에 자랑스럽게 이 책을 내밀어 보여 주세요. 우리도 이만큼은 알고 있노라고.

선베드에 누워서

『넌 동물이야, 비스코비츠!』
『라쇼몬』

선베드 하면 떠오르는 충격적인 장면이 있다. 여럿이 모여 놀다가 한밤중에 의기투합해 누군가의 자동차로 즉흥 여행을 떠났다. 작은 차에 다섯 명이 끼어 타고 밤새 북쪽으로 달렸다. 북해의 휴양지 질트Sylt는 덴마크와 독일 국경에 있는 섬으로, 낭만적인 지중해나 열정의 태평양과는 사뭇 다른, 황량하고 거친 매력이 있다. 해안선을 따라 수 킬로미터 밖까지 늘어선 풍력 발전기는 고대의 거인들처럼 팔을 휘두르고, 모래 언덕에선 메마른 사구식물들이 미친 듯이 바람에 휘날리는 야성의 해변이다.

그곳에서 난생처음 선베드에 누워 한가로이 책 읽는 남녀들을 봤다. 일생일대의 곤경에 처한 기분이었다. 아니, 내가 엄마랑 목욕탕도 안 가는 사람인데! 함께 온 친구들이 하나둘 웃통을 벗어젖히기 시작했다. 아찔한 태양

속에서조차 등줄기로 서늘한 땀이 흘렀다.

독일인 중에는 바닷가나 사우나에서 수영복은 '옵션'이고 기본적으로는 다 벗는 게 당연하다고 생각하는 어르신이 많다고 한다. 누드가 정석인 우리의 대중탕처럼, 독일인에게는 해변도 목욕탕과 같은 카테고리라는 말씀. 남녀 혼탕이라는 점이 문제라면 문젠데, 천만다행으로 누드가 필수는 아니었다. 좀 둘러보니 유독 나이 지긋한 분들이 원초의 자연미를 뽐내고 있었는데, 첫눈에 너무 강렬한 인상을 받아서인지 멀쩡히 수영복 입고 돌아다니는 사람들이 눈에 안 들어왔다.

선베드에 누워 비타민 D를 흡수하며 독서 삼매경에 빠진 나체의 노인들은 확실히 시선을 끌었다. 무슨 책을 저리 재밌게 읽나 궁금했지만 빤히 쳐다보면 오해를 살 것 같아 이리저리 눈을 피하기 바빴다. '선베드에서 일광욕하며 독서'는 아무나 하는 게 아니라고 생각해 왔다. 하지만 발가벗은 채로도 잘만 책 읽는 모습을 보니 그런 편견이 깨졌다. 책이 좋으면 선베드가 대수랴.

말은 이렇게 하지만, 그때나 지금이나 전신 수영 수트를 입고도 선베드에 당당히 누워 있을 담력은 없다. 그래도 이런 책을 손에 쥐었다면 자외선 차단제보다는 든든하겠다. 신체 노출의 위축감을 극복하는 데 도움 되는 내용이고 제목과 표지 또한 너무 노골적이지는 않은,『넌 동물이야, 비스코비츠!』같은 책.

이것은 어떤 남자가 태국의 방갈로에서 오 년 동안 선베드에 누워 있다가 어느 날 문득 영감을 얻어 쓰기 시작한 소설이다. 처음에는 이상형 암컷 낙타를 쫓아다니는 수컷 낙타에 관한 이야기였는데 이후 오 년 동안 점점 진화하여 20종의 동물이 등장하는 20편의 연작 소설집이 되었다.

그 남자의 이름은 알레산드로 보파고, 로마에서 생물학을 전공한 과학자인데, 유전학 연구소에 취직했으나 쥐의 정액을 채취하는 일은 "그다지 낭만적이지 않은 것 같아" 뇌과학으로 전공을 바꿨다. 하지만 신경망의 수학적 모듈과 사고 프로세스에 관한 연구는 너무나 많은 사고를 요하는 작업인지라, 심한 피로감을 느낀 남자는 삼 주의 휴가를 결심하게 된다.

어쩌다 보니 삼 주짜리 휴가는 십일 년으로 늘어났다. 그사이 남자는 방콕에서 보석학 학위를 취득해 돌을 사고파는 일도 했지만, 대부분은 태국의 작은 섬에서 독서와 낚시로 시간을 보냈다. 말하자면 이것은 선베드가 낳은 소설이고, 그야말로 선베드에 최적화된 책이다.

『넌 동물이야, 비스코비츠!』는 펭귄에서 시작해 달팽

이 사마귀 앵무새 사자 카멜레온 기생충 해면을 거쳐 세균에 이르기까지, 인간을 제외한 모든 동물류가 등장해, 진화의 전 과정을 아우르는 차갑고도 섹시한 유머를 펼치는 소설이다. 저자의 이력에서 짐작했겠지만, 각 편은 한 생물 종의 탄생-번식-먹이사슬-죽음에 이르는 생태계를 철저히 과학적 사실에 입각해 묘사하는데, 기묘하게도 인간인 독자는 그들에게 깊이 감정 이입을 하게 된다. 그래서 이 소설을 읽다 보면 이러한 깨달음에 도달한다. **인간은 동물이다.**

생각이 많고 머리가 복잡할 때는 한적한 해변에 선베드를 펼치고 누워 만사를 잊는 거다. 아웅다웅 아득바득 전전긍긍하며 살아 봤자 한평생이 전부인걸. "크기는 중요하지 않아, 비스코비츠. 중요한 건 너 자신이 되는 거다." 목소리의 가르침에 따라 병원체 비스코비츠는 가수분해를 거듭해 마침내 진짜 생명을 얻는다. 감격의 눈물을 흘리며 바다를 꿈꾸는 비스코에게 목소리가 말한다. "장하구나. 너는 이제 동물이다. 하지만 아직 네게는 배울 게 남아 있단다. 비스코. 동물은 죽는단다."

그래, 어차피 언젠간 모든 걸 단념해야 한다면, 벗은 몸 따위 부끄러워할 이유가 뭐람? 살아 있는 동안에 햇살이나 맘껏 즐겨야겠다.

＊＊＊

선베드에 누워서 읽는 책으로 『라쇼몬』은 일장일단이 있다. 장점은, 수록작 중 상당수가 단편 소설치고도 꽤 짧다는 것. 사람들이 오가며 흘끔거리고 목도 마르고 눈도 따가운 열악한 환경이어도 아무 데나 펼쳐 후루룩 읽을 수 있다. 반면 심각한 단점도 있다. 일단 빠져들면 멈추지를 못해서 흐르는 땀방울에 책장이 축축해지도록 열독하다 선번sunburn을 입을 확률이 높다.

20세기 일본 작가들 중에 아쿠타가와 류노스케는 독특한 위치에 있다. 근대 초 서구의 리얼리즘 문학이 유입되면서 아시아에서는 탐미적 자연주의와 사실주의가 크게 유행했다. 아쿠타가와 역시 이러한 흐름 속에 있지만, 그의 작품은 조금 다른 색채를 띤다. 사적 체험이나 주관적 정조情調가 아니라 개연성에 입각한 논리적 서사를 구축하는데, 그 소재와 내용은 더없이 환상적이고 동양적인 기담奇談이다.

오랜 기근에 시달려 피폐해진 사람들의 종말적 악행을 묘사한 「라쇼몬」. 살인 사건의 피의자로 체포된 인물들이 서로 상반된 진술을 함으로써, 범행에 관한 정보가 늘어날수록 진범의 정체는 모호해지는 「덤불 속」. 오래

앓던 아들이 죽자 며느리를 재혼시켜 집 안에 일꾼으로 들이고 자신은 편히 지내고 싶은 노파의 인간적이나 이기적인 욕망을 애잔하게 그린 「흙 한 덩이」. 이들은 모두 단편 소설이 발휘할 수 있는 충격과 각성의 묘미를 극대화한다.

아쿠타가와의 소설은 인간의 민낯을 음울한 섬광으로 보여 준다. "정나미가 떨어지는 인간 지옥도"고, "우울 그 자체라 부를 만한 인간의 풍경"인데, 거기에 어떤 위안이 있다. 이상하게 들리지만, 추하고 비정해서 오히려 근심이 사라진다. 선베드에 누워 있다 보면 이해하게 된다. 우리는 한갓 라쇼몬 누각 위의 인간일 뿐이다. 생명 가진 것의 '어쩔 수 없음'은 누구도 어쩔 수가 없다. 그러니 아직 살아 있다면 모두 용서하고 지나가라.

장마철에 읽는 책

◆ ◆

『브람스를 좋아하세요...』
『장마』

숨이 턱턱 막히는 무더위에 쏟아지는 빗줄기는 축복이고
구원이다. 아이구 하늘님 고맙습니다, 휴, 좀 살 만하구나.
그렇게 한나절 퍼붓고 나면 공기도 상쾌해지고 가슴까지
밝고 환해진다. 하지만 꽃노래도 하루 이틀. 허구한 날 좍
좍 비만 온다면 빨래도 안 마르고 방바닥도 끈적거리고
머리카락도 처지고 내 마음도 처지고. 세상이 온통 물에
잠긴 듯 무력하고 우울해진다. 이럴 땐 자극적인 게 필요
하다. 자극적인 거 뭐? 예를 들면?

　방금 전까지 좋다고 침대에서 함께 뒹군 여자를 쳐다
보며 남자가 생각한다. "이런 아름다운 육체가 불명료하
고 편협한 작은 두뇌의 지시를 받으며 삶 한가운데를, 거
리 한가운데를 활보하고 있다는 사실을 떠올리며 두려움
과 측은함과 거리감을 느꼈다." 어떤가. 아름다운 육체는

없고 편협하고 작은 두뇌만 소유한 나로서는 무지하게 자극적이다. 이런 개자식을 봤나.

이런 걸 남성 작가가 썼다면 요즘 같으면 절필 선언을 해야 할 정도인데, 다행히 이건 프랑스 문단의 "매력적인 작은 괴물" 프랑수아즈 사강의 글이다. 『슬픔이여 안녕』을 쓴 그분. 마약을 해도 남에게 폐만 끼치지 않는다면 "나는 나를 파괴할 권리가 있다"고 말해 물의를 일으키신 그분. 그녀의 또 다른 대표작 『브람스를 좋아하세요...』에 나오는 구절이다.

말하자면 삼각관계에 있는 남-여-남의 이야긴데, 남자1은 아까 그 개자식이고, 여자는 걸핏하면 다른 여자랑 자고 다니고 책임감은 없으면서 질투심만 강한 남자1을 집착적으로 사랑한다. 유능하고 자신감 있어서, 무심해서, 쉽게 상처받지 않는 사람이어서, 덩치가 커서, 나를 기다리게 하니까, 나보다 나이가 많아서 등의 (되도 않는) 이유를 댄다. 둘은 오 년이나 사귄 '자유롭지만 단단한'(그게 뭐죠?) 관계다.

한편, 남자2의 이름은 시몽.(25세, 밀당을 허락지 않는 미모, 피지컬 최상, 직업 변호사, 집 부유함, 성격 순함, 단점은…… 내 입으론 말 못 함.) 그는 자기보다 열네 살이나 연상인 여자를 보고 단숨에 반한다. 그에게는 거의 첫사랑이나 다름없다. 하지만 여자는 시몽이 "지나치게 잘생겨서 별로"라며 거절한다. 시몽에게는 "서른아홉 살 난 여자를 정신적으로 만족시켜 줄 표정"이 없단다.

스물다섯에 지나치게 잘생긴 남자라. 남주혁이나 서강준이 사랑한다며 아침저녁으로 나를 쫓아다닌다면…… 흐흐흐 명의를 빌려 달라거나 불법 총기류 배달 심부름을 시킬 작정이겠지. 정신 차렷! 네, 그래서 이 셋이 어떻게 됐냐 하면요…… 궁금하면 읽어 보시죠? 비도 오고 날도 구질구질한데, 닿을 수 없는 바다를 향해 쉼 없이 빛을 비춰 주는 등대같이 슬픈 사랑이나 탐구해 봅시다. "사랑을 스쳐 지나가게 한 죄, 행복해야 할 의무를 소홀히 한 죄, 핑계와 편법과 체념으로 살아온 죄로 당신을 고발합니다. 당신에게는 고독형을 선고합니다." ─ 시몽.

자, 이제 분위기 바꿔서.

한반도의 기후가 워낙 빠르게 변화하고 있어 슈퍼컴퓨터의 일기 예보도 자주 어긋나지만, 예전에는 어린이도 날씨를 척척 알아맞혔다. 내일은 비가 올 거야. 그걸 어떻게 알아? 6월 25일이잖아. 아, 그렇구나! 그리고 정말로 비가 왔다. 동족상잔의 비극이 일어난 날이라고 하늘도

슬퍼하면서. 곧이어 긴 장마가 시작되었다.

물론 이것은 잘못된 의인화다. 6·25라서 비가 오는 게 아니고, 때마침 장마에 공격이 시작되었다.(당시 낙후한 농업국이었던 한국은 6월 중순이 되자 군 병력의 3분의 1을 휴가 보냈다. 장마를 앞두고 모내기가 한창일 때라 각자 집 안 농사일을 돕도록 한 것이다. 보릿고개를 지나 군량미가 부족해진 것도 휴가의 한 이유였다. 그래서 순식간에 서울이 함락되었고, 9월에는 부산까지 전선이 밀려 내려갔다.) 윤흥길의 「장마」는 그 날씨 이야기로 시작된다. "비는 칠흑의 밤을 온통 물걸레처럼 질펀히 적시고 있었다."

할머니는 아들이 둘인데, 첫째가 우리 아버지고 삼촌은 인민군에 들어갔다 빨치산이 되어 산속에 있다. 외할머니는 아들이 하나밖에 없는데, 외삼촌은 국군에 자원해 소위가 되었다. 외할머니와 이모는 서울에서 피란을 내려와 우리 집에 있다. 난리가 터진 지도 벌써 이 년. 생때같은 아들들은 돌아오지 않고, 건넛산엔 쉴 새 없이 포가 날아와 꽂힌다. 친할머니도 아들 걱정, 외할머니도 아들 걱정. 한쪽의 시름은 다른 쪽의 안도고, 다른 쪽의 애통은 한쪽의 희망인 시절이다.

기어코 외삼촌의 전사 통지서가 도착한다. 외할머니는 빨갱이 욕을 퍼붓고 할머니는 내 아들은 절대 안 죽는다고 악쓴다. 한 집에서 두 할머니는 서로 원수가 되었다. "계속해서 비는 내렸다. 어쩌다 한나절씩 빗발을 긋는 것으로 하늘은 잠시 선심을 쓰는 척했고, 그러다가도 갑자기 하마터면 잊을 뻔했다는 듯이 악의에 찬 빗줄기를 주룩주룩 흘리곤 했다."

이윽고 삼촌이 형편없는 몰골로 산에서 내려온다. 할머니와 아버지는 삼촌을 집에 붙잡아 두려 하지만, 수상한 발소리에 놀란 삼촌이 뒷문으로 도망쳐 버린다. 그건 그냥 외할머니였을 뿐인데. 나는 형사가 주는 "쪼꼴렛"을 얻어먹고 간밤에 다녀간 삼촌 얘기를 하고, 다음 날 아버지가 잡혀가선 일주일이나 고초를 당하고 온다. 아버지는 다리까지 절름거린다. 열 살 애라도 나는 너무 미안하고 죄스럽다. "아버지가 던지는 목침덩이에 맞아 코피를 흘리면서 나는 그날 저녁에 죽었어야 옳은 몸이었다." 계속되는 장맛비로 불어난 강물에 다리가 끊긴다. 마을은 고립되었다.

까마득히 먼 옛날도 아닌데, 우리는 이 비극을 거의 잊고 산다. 비가 안 온다고, 비가 너무 온다고, 날씨 이야기만 하지만, 6월에는 한 번쯤 「장마」를 읽어 보자. 그리고 생각해 보자. 전쟁이 파괴하는 것들에 대해. 이념의 폭력성에 대해. 평화의 소중함에 대해.

불면증에 추천합니다

『삼국유사』
『아라비안나이트』또는 『천일야화』
『선과 모터사이클 관리술』

신문의 건강 섹션에서 주기적으로 볼 수 있는 기사 중 하나가 '불면증을 예방하는 생활 습관'이다. 1) 잠자리에서 스마트폰을 보지 말 것, 2) 과음 과식하지 말 것, 3) 저녁 식사 이후 카페인 섭취를 금할 것, 4) 낮잠을 너무 오래 자지 말 것, 5) 수면제를 장기간 복용하지 말 것 등이 대표적인 금지 조항이다. 대신에 1) 잠들기 두 시간 전 미온수로 목욕, 2) 명상, 3) 쾌적한 수면 환경 조성, 4) 늦은 오후에 규칙적 운동, 그리고 5) 독서가 늘 빠지지 않고 권장된다. 인지행동치료◆라고 불리는 이 수면 장애 치료법에 따르

◆　　인간의 행동은 학습된 것이므로 이상행동 역시 재학습을 통해 정상화할 수 있다는 접근법이다. 인지행동치료는 우울증 등 심리적 요인에 의한 불면증뿐 아니라, 다른 질병(암, 폐 질환, 치매, 디스크 등의 만성 통증)에 동반하는 불면증에도 효과가 입증되었다.

면, 대부분의 불면증은 생활 습관의 변화를 통해 개선될
수 있다.♦

그런데 보시다시피, 하지 말라는 항목들은 생각해
보면 너무 당연하다. 반면, 권장되는 활동들이라는 것은
따라 하기가 의외로 어렵다. 1번은 집에 욕조가 있어야
한다.(샤워가 아니다.) 불면증 치료를 위한 명상 등의 '이
완요법'은 그냥 ASMR 틀어 놓고 심호흡 하라는 게 아니
고, 전문가의 도움에 따라 적어도 이 주에서 한 달까지 훈
련이 필요한 치료법이란다. 3번, 조용하고 어둡고 적정
온도와 습도가 유지되는 아늑한 침실이라니 상상만 해도
졸음이 쏟아지지만, 이건 돈이 많이 든다. 그리고 늦은 오
후(4시? 5시?)에 규칙적 운동은…… 보통의 직장인 중에
누가 할 수 있죠?

이래저래 남는 건 독서뿐이다. 독서를 권하는 이유는
'잠이 오지 않으면 잠자리에서 벗어나라.'는 기본 원칙에
입각한다. 불면증의 역설은 자려고 억지로 애쓸수록 더욱
각성된다는 점이다. 그러니 조용히 정신 활동을 하면서

♦　단, 인지행동치료가 권장되지 않는 경우는 다음과 같다. 주야간 교대 근무
　　자,(효과가 없다.) 운전이 직업인 자,(수면 제한 치료법 등은 매우 위험하다.)
　　고령자,(역시 효과가 떨어진다.) 그리고 같이 잠자는 사람(가령 남편)이 코를
　　심하게 골거나 이를 갈거나 잠버릇이 험한 경우.(옆 사람을 바꿔야…….)

잠이 오길 기다리라는 것이다.(라디오를 듣거나 텔레비전을 보는 것은 '자극적인' 활동이다.) 독서는 뇌를 사용해 에너지를 소모함으로써 숙면을 유도하고, 자야 한다는 강박으로부터 주의를 돌리게 한다. 누구나 할 수 있고 돈도 거의 안 들고 처방전도 필요 없다. 적절한 책을 고르기만 한다면 말이다.

◆ ◆ ◆

「알라딘과 요술램프」「신드바드의 모험」「알리바바와 40인의 도적」. 누구나 한 번쯤은 접해 본 아라비안나이트 속 이야기들이다. 나는 1990년대 초반에 아라비안나이트의 '완역본'을 처음 읽었다. 리처드 버턴의 영역본 *One Thousand and One Nights*(1885)를 완역해 전 10권으로 펴낸 것이었는데, 그 내용이 이루 말할 수 없게 충격적이고 아찔했다. 그리고 이상하게도 "열려라 참깨!" 이야기가 없었다. 「알라딘과 요술램프」도 기억과는 내용이 달랐다. 어릴 적에 본 만화 영화들은 어디서 이야기를 가져와 각색한 걸까? 미스터리였다.

2010년에 앙투안 갈랑의 불역본 *Les mille et une*

nuits〔1704~1717〕를 완역했다는『천일야화』가 전 6권으로 나왔다. 이 책에는 사라졌던 세 이야기가 오롯이 들어 있었다. 오호, 이게 그 만화들의 원작이었군. 미스터리는 풀렸지만, 새로운 궁금증이 생겨났다. 원전이 어떻기에 내용도 형식도 이렇게나 다른 두 완역본이 생겨날 수 있는 걸까.

'천일과 하룻밤'◆ 이야기의 원전은 8~13세기에 근동의 여러 지역에서 만들어진 각종 필사본과 그 이본들이다. 여기에는 아랍의 민담뿐 아니라 인도와 중국, 그리스와 이집트까지 대단히 넓은 지역의 온갖 설화가 포함된다. 확인된바, 아랍어로 쓰여 중세 이후까지 필사본이 전해진 민담 전설은 200편 남짓이다. 이것들이 오늘날 우리가 읽고 있는 아라비안나이트의 기본 골격이다.

근세기 유럽에 아랍의 민담 전설을 처음 소개한 갈랑은 프랑스의 동양학자이자 아랍어 전공자였다. 그는 옛 아라비아와 페르시아에 해당하는 근동 지역을 두루 여행하며 수집한 이야기들을 번역해 십사 년에 걸쳐 출간했다. 하지만 우리가 잘 알고 널리 사랑받는 세 이야기, 알라

◆   '아라비안나이트'로 알려지게 된 것은 최초의 영역본 제목이 *The Arabian Nights' Entertainment*(아라비아의 밤의 여흥)였기 때문이다.

딘, 신드바드, 알리바바는 갈랑 이전이나 이후의 어떤 아랍어 필사본에서도 발견되지 않았다. 하여 이들은 갈랑의 창작물로 여겨진다. 그뿐 아니라 현대의 『천일야화』는 갈랑 사후에 출판사가 임의로 수집해 덧붙인 내용들도 상당하기 때문에, 원전과 번안의 경계가 모호하다.

갈랑보다 백오십여 년 뒤에 활동한 영국의 탐험가 버턴은 29개 언어를 구사했으며 변장술에 능해, 북아프리카에서 이란에 이르는 넓은 지역을 자유롭게 여행했다고 한다. 버턴 역시 자신이 독자적으로 수집한 아라비안나이트 이야기를 번역 출판했는데, 그 이전에 출판된 다른 영역본들과 갈랑의 프랑스어본도 두루 참조했다. 일각에서는 버턴이 주장한 원전이 실재하는지 불분명하고, 모든 내용이 지나치게 외설적으로 각색되었다는 비판이 있다. 그래도 현대의 대중에게 아라비안나이트의 이미지를 각인시킨 것은 버턴의 책이다.

불면증에 좋은 책으로 아라비안나이트를 추천하는 이유는 분량이 많아서다. 갈랑본은 2000쪽에 육박하고 버턴본은 그 두 배도 넘는다. 누구라도 이걸 읽다 보면 반드시 언젠가는 잠들게 되어 있다. 물론 단지 길기 때문만은 아니다. 아라비안나이트는 그 자체가 밤에 들려주는 이야기라는 설정 때문에 연속성 없는 일화들로 이루어진다. 잡념에 빠지지 않고 읽어 나갈 수 있을 만큼은 흥미롭되, 언제든 내려놓고 잠자리로 가도 아쉽지는 않을 정도다. 그래도 버턴본은 주의할 필요가 있다. 야밤에 잠도 안 오는데 혼자 음란마귀에 씌면 큰일이니까. 열려라 참깨! 가 없는 것도 단점이고.

◆ ◆ ◆

『삼국사기』(김부식, 1145)와 더불어 한국의 가장 오래된 역사서인『삼국유사』(1281)는 자랑스러운 우리 문화유산이자, 한국인이라면 누구나 친근함을 느낄 만한 이야기들의 보고다. 민족을 수호하는 피리인 만파식적 전설, 언니의 꿈을 사 왕비가 된 김유신의 여동생 문희, 맘에 드는 여성을 점찍은 다음 유언비어를 퍼뜨려 자기 여자로 만든 백제 무왕,(신라 선화공주는 밤마다 서동이랑 몰래 만나고 다닌다네. 「서동요」) 임금님 귀는 당나귀 귀(신라 경문왕) 등등 널리 알려진 민담의 출처가 대개『삼국유사』다.

엄밀히 말해『삼국유사』는 실증적 역사서라기보단 흥미진진한 민담 전설 모음집에 가깝다. 전체 구성은 5권 9편인데,(요즘 식으로는 5부 9장) 연대기적 역사 서술은

5분의 2가량이고, 나머지는 불교의 전파 과정에 일어난 사건, 사찰이나 불탑의 유래, 승려들의 행적뿐 아니라 귀신과 주술과 보은에 관한 신비로운 이야기들이다. 저자 일연이 고려 시대 승려였고 불교가 신라와 고려의 국교였던 만큼, 책의 전반에 흐르는 불교적 세계관은 시대의 산물이겠다.

그중 인상적인 에피소드 두 가지만 소개해 보자. 먼저, 신라의 삼국 통일에 결정적 기여를 한 김유신 이야기. 『삼국유사』에 따르면 김유신은 전생에 고구려의 점쟁이 '추남'이었다. 나라에 흉조가 자꾸 생기자 왕이 추남을 불러 물어봤는데, 왕비가 바람을 피우고 있어서라는 불쾌한 답을 한다. 왕은 추남의 신통력을 테스트하겠다며 상자에 쥐 한 마리를 넣고 여기 뭐가 들었는지 맞혀 보라 한다. 추남은 "쥐가 여덟 마리"라 하고 왕은 틀렸다며 추남을 죽인다. 이때 그는 "내 다음 생엔 고구려를 멸망시킬 장군으로 태어나겠다."는 맹세를 남긴다. 그리고 쥐의 배 속에는 새끼 일곱 마리가 들어 있었다는……. 불교의 윤회 사상이 반영된 설화가 신선하게 다가온다.

'노힐부득'과 '달달박박'은 이름이 특이해서 기억에 남는 승려들 일화다. 어릴 때부터 한 마을에서 함께 자란 부득과 박박은 함께 출가해 수도승이 되었다. 동산 하나를 사이에 두고 박박은 북쪽에, 부득은 동쪽에 암자를 짓고 수련에 정진했다. 어느 날 밤, 아름다운 처녀가 박박의 암자로 와서 하룻밤 재워 달라 한다. 박박은 이곳은 절이라서 안 된다고 거절한다.

여인은 동쪽 암자를 찾아간다. 부득은 중생을 보살피는 것도 승려의 일이라며 여인을 들인다. 그런데 설상가상 처녀가 애를 낳을 것 같으니 자기 몸을 씻겨 달라 한다. 부득은 부끄러워 눈은 딴 데를 보면서도 처녀의 처지가 딱해 정성껏 목욕을 시켜 준다. 박박은 부득이 파계를 저지른 꼴을 보고 놀려 주려고 동쪽 암자에 가 보는데, 그곳에서 충격적인 광경을 목격한다. 부득이 온몸에 빛을 발하며 연꽃 위에 앉아 있는 것 아닌가!

알고 보니 처녀는 관음보살이었고, 부득은 처녀가 목욕한 물이 든 통 속에 들어갔다 나와 미륵불이 되었다. 박박이 후회하며 간청하자 부득은 너도 통 속에 들어가서 씻고 나오라 한다. 덕분에 박박도 무사히 미타불이 됐다. 웃기기도 하고 엉뚱하기도 한 짧은 이야기인데, 한국 불교의 특징이 상징적으로 잘 압축된 설화로 평가된다고.

이 설화에서 노힐부득은 미륵불이 되고 달달박박은 미타불이 되는 것은 각자 추구한 신앙의 차이를 보여 준다. 그런데 부득이 먼저 부처가 되고 박박은 뒤늦게 부처가 됨으로써 미륵불의 위상이 조금 더 높게 그려진다. 미륵 신앙은 한국 불교에서 두드러지게 발달했는데, 현실적인 문제 해결과 복을 기원하는 성격이 강하고, 신비주의 요소도 폭넓게 받아들였다. 때문에 『삼국유사』에도 점괘를 알려 주고 주역도 봐 주고 악귀를 쫓아 주는 스님 이야기가 많다.

물론 『삼국유사』는 한자어, 불교 용어, 옛 표현 들로 가득해 적잖은 도전이 될 수 있다. 또 번역자에 따라 향찰◆의 해석이 달라서 『삼국유사』에 수록된 14수의 향가◆◆를 제대로 음미하자면 상당한 수준의 고전 문학 지식이 필요하다. 하지만 우리는 그저 어떻게든 잠을 좀 자 보려고 한밤중에 어기적거리며 침대를 빠져나온 가여운 독자일 뿐이니, 힘든 부분은 적당히 건너뛰자. 읽다 아무 때고 덮을 수 있고, 아무 데서나 다시 시작해도 괜찮다. 잠자리에 들기 전, 국화차 한 잔과 함께 『삼국유사』. 꿀잠을 위한 건강한 습관이다.

◆　신라 시대에 쓰인 국어 문장 표기법으로, 체언과 용언은 한자의 뜻을 살려 쓰고 조사와 어미는 한자의 음을 빌려 쓴다. 표기 자체는 모두 한자지만, 의미 부분과 소리 부분이 구분된다.
◆◆　향찰로 쓰인 신라 시대 노래로, 「헌화가」 「처용가」 「찬기파랑가」 「제망매가」 등이 대표적이다.

근심이 많으면 누구든 잠이 안 오기 마련이다. 그럼 골칫거리를 싹 해결하면 잠이 잘 올까. 그렇지도 않다. 당장의 문제가 사라지면 다른 문제가 생겨나기 마련이고, 걱정도 습관이기 때문이다. 불면증 치료에서 가장 우선시하는 것이 '걱정 금지'다. 많은 사람들이 자려고 누워서는 이런저런 계획을 세우는데, 이것 또한 걱정하는 습관의 능동적 버전이라고 한다. 또 불면증에 대한 지나친 두려움도 불면증을 악화시킨다. 이러다간 수면 부족으로 내일 하루도 망칠 거라고 걱정하느라 잠을 못 잔다고.

『선과 모터사이클 관리술』은 수면 장애까지는 아니어도 심란하거나 마음이 들떠 잠이 안 올 때 읽으면 좋다. 1974년에 출판되어 20세기에 가장 많이 팔린 철학 소설 중 하나지만, 요즘은 거의 잊힌 듯하다. 내용은 저자인 피어시그가 열한 살 아들 크리스를 등 뒤에 매달고 십칠 일간 미네소타에서 캘리포니아까지 오토바이로 여행한 기록이다. 소설이라기보다 자서전에 가깝고, 선$_{zen}$이나 모터사이클 관리에 관한 내용은 별로 없다.

그럼 무슨 이야기냐고? 음, 고대 그리스 철학과 한국 성벽에 관한 책이랄까? 아니면 '유능성'과 '물아일체의 경지'에 관한 책이라고 해도 괜찮겠고, 고전주의와 낭만주의에 관한 책이라거나 아버지와 아들에 관한 책이라고 해도 무방하다. 근데 솔직히 말하면, 정신분열증을 앓던 남자가 회복기에 쓴 자기 자신과의 대화록으로 보이긴 한다. 소설의 화자인 '나'는 굉장히 높은 지능과 강박증을 가진 인물이고 그로 인해 늘 어딘가 좀 이상해 보인다. 마치 다른 차원의 세상에 있는 사람처럼.

실제로 피어시그는 아홉 살에 지능 검사에서 IQ 170을 받았고, 열다섯 살에 미네소타 대학 화학과에 입학할 만큼 영민했다. 하지만 과학의 연구 방법에 내재한 논리적 모순을 깨닫자 갑자기 학습 의욕을 완전히 잃어버리고 만다. 당시 열여덟 살이었던 피어시그는 군대에 자원입대해 삼 년간 한국에서 복무한다. 귀국 후 전공을 철학으로 바꿔 대학을 졸업한 그는 결혼도 하고 아들 크리스도 태어난다. 하지만 시카고 대학에서 철학 강의를 하던 중 정신의 붕괴가 일어난다. 사흘간 거리를 헤매다 길바닥에 쓰러진 채로 발견된 그는 정신 병원에서 전기 충격 치료를 받고 그 후유증으로 기억상실증을 앓는다. 이후에는 컴퓨터 매뉴얼을 작성하는 일로 생계를 이어 가면서 이 책을 쓴다.

책에 대한 평가는 극과 극으로 갈리는데, 출간 당시

에는 경이로운 사상서의 출현으로 추앙받았지만 곧이어 지적 허영심에 찌든 소피스트들의 과도한 열광이라는 조롱도 있었다. 읽기 쉬운 책은 아니라는 것이 중론인데, 그것조차 왜곡된 후광의 일종일 수 있다. 아무런 선입견 없이 슬슬 책장을 넘기다 보면 마음을 울리는 '깨달음'들이 많고, 가슴 뭉클해지는 대목들도 있다. 그러니까 미쳐서 잠도 거의 안 자는 이 남자가 집요한 문답법으로 스스로에게 '가치의 철학'을 몰아붙이는 이유는 결국 완전한 모습으로는 아니더라도 어떻게든 '아들에게 아버지로 돌아가기 위해서'다.

우리는 결코 완벽하게 이해할 수 없는 그런 방식으로, 어쩌면 거의 이해할 수 없는 그런 방식으로, 서로 연결되어 있다. 크리스야말로 항상 내가 병원에서 나와야 할 진정한 이유였다. …… 물론 시련은 결코 여기에서 끝나지 않을 것이다. 불행과 불운은 사람들이 삶을 살아가는 동안 계속 이어지게 마련이다. 하지만 …… 이제 사정이 더 나아질 것이다. 그렇게 말할 수 있을 것이다.

그리고 우리끼리니까 하는 말인데, 사실 이건 불면증이 아닐 수도 있다. 밤이니까 놀고 싶고 밤이어서 안 자고 싶은 걸지도. 낮 동안 일하느라 공부하느라 미루고 못 한 것들 언제 하나? 밤에. 특별히 빛나는 영감은 언제 떠오르나? 밤에. 지구의 절반이 어둠에 잠기면 음악은 사무치고 바람은 향기로워지며 비는 정겨워진다. 사랑이 더 아픈 것도 밤이고 맥주가 더 시원한 것도 밤이다.

밤에 해야 즐거운 것들이 확실히 있다. 산책이건 왈츠건 심야 영화건, 각자 좋아하는 밤의 활동들을 하고 살려면 까짓것, 잠 좀 덜 자면 된다. 잠이 삶의 일부인 건 맞지만 인생의 목적이 잠은 아니니까. "잠을 깊게 자지 못한 것에 대해 너무 요란 떨지 마라. 불면증은 매우 불쾌한 것이지만 단기적일 경우 건강에 위험하지는 않다."◆라고 전문가 선생님도 말씀하신다.

◆　「불면증의 인지행동치료」, 장창현 외, 한양대학교 의과대학 정신건강의학교실 및 한양대학교 정신건강연구소, 2013

5부

지금까지
실례 많았습니다

폭설로 고립되었다면 이 책

『흰눈 사이로 달리는 기분』
『좀머 씨 이야기』
『마지막으로 할 만한 멋진 일』

고향이 울릉도도 아니고 히말라야 원정을 준비 중인 것도 아니라면, 살면서 폭설로 고립되는 경험을 할 거라고는 상상하기 어렵다. 그런데 인생은 참 알 수 없어서 그 상상 밖의 일이 내게도 일어났다. 2010년 1월, 기상 관측 이래 중부 지방에 최고 기록을 세운 대설이 있었다. 당시 나는 파주의 외딴 산비탈에 살았는데, 평소 짜장면 배달도 안 되는 민통선 부근이었다. 밤부터 눈이 팝콘 터지듯 팡팡 쏟아졌다. 그리고 꼬박 사흘, 차가 다니는 도로에 제설 작업이 이뤄질 때까지 외부와의 연결이 차단되었다.

그때 나는 스스로에게 꽤 놀랐다. 차분함은 일평생 가져 본 적이 없고 조급한 성격으로 늘 주변 사람들까지 정신 사납게 만들곤 했는데, '갇혔다'라는 생각이 들자마자 곧바로 마음이 비워졌다. 어쩌겠어, 못 나가는걸. 이 상태가 며칠이나 갈지 알 수 없으니 음식을 아껴 먹어야겠어. 은빛 겨울왕국을 오 분쯤 감상한 후 에너지 절약 차원에서 책을 읽기로 했다. 배가 안 고프려면 가만있는 게 제일이니까. 불시에 당하는 일이다 보니 가지고 있는 책을 다시 읽어야 하는 게 조금 아쉽군. 혼잣말을 하는데, 문득 낯선 책 한 권이 요술을 부린 듯 눈에 들어왔다.

『흰눈 사이로 달리는 기분』.

오, 이런 책이 있었네? 펼쳐 보니 1996년에 발행되었다. 이 정도면 기억이 안 날 만하다. 저자가 아이작 아시모프인 걸 보면 내가 산 책인 건 맞겠다. 「세기말적 해결사」 「아인슈타인도 몰랐던 원리」 「운석에 맞아 죽은 최초의 인간」 등, 다양한 스타일로 황당무계한 이야기들이 시트콤처럼 이어지는 초단편 판타지 소설집인데, 그중 표제작인 「흰눈 사이로 달리는 기분」의 내용은 이랬다.

소설가 셉티무스는 도시에서 멀리 떨어진 황량한 들판에 근사한 별장을 갖고 있는데, 글쓰기에는 최적의 환경이지만 겨울에는 머물 수가 없다. 눈이 워낙 높이 쌓여서 한번 들어가면 3월까지는 못 나오기 때문이다. 소설가의 딱한 사정을 알게 된 상냥한 신사 조지 씨는 도움을 자청한다. "눈 위에서 날아다닐 수만 있으면 겨울 내내 이 멋진 별장에 머물기를 망설일 이유도 없지 않겠나?" 어떤 과학 원리인지는 잘 모르겠지만, 소설가는 조지 씨 덕분에 "H_2O 분자 위에서는 몸무게가 0이 되는" 신묘한 능력을 갖게 된다. 즉, 눈밭에서 썰매를 타고 달리듯이 빠르게 이동할 수 있게 된 것이다.

사실 조지 씨는 '아자젤'이라는 2센티미터 크기의 도깨비를 호주머니 속에 넣고 다니며 안타까운 처지에 놓인 인간들의 소원을 들어주는 마법사의 후예다. 조지 씨 말에 따르면, 아자젤의 능력은 선한 의도일 때만 발휘되며, 남을 해치거나 불행에 빠뜨릴 목적으로 비는 소원은 들어주지 않는다. 그럼에도 아자젤의 마법은 번번이 예기치 못한 불운한 결말을 낳는다. 수영을 할 줄 모르는 소설가는 한겨울 호수에 빠져 죽을 뻔하는데, 아자젤의 신비로운 반중력 마법이 "고체인" H_2O 분자에서만 작동하기 때문이다.

20세기에 '세계 3대 SF소설가' 중 한 사람으로 꼽혔던 아이작 아시모프는 보스턴 대학교 생화학과 교수였는데, 그의 과학 소설이 과학계에 기여하는 공로를 인정받아 연구 및 강의 의무가 면제되었을 정도다. 열아홉 살이던 1939년에 SF잡지 《어메이징 스토리스》로 데뷔한 이래, 480권에 달하는 책을 펴냈으며, 대표작은 '파운데이션' 시리즈다. 하지만 그의 작품들 중 대중적 인지도가 가

장 높은 책은『아이, 로봇』이라는 제목의 단편 모음집일
것이다.

1940년부터 1950년까지 발표한 9편의 로봇 이야기
들이 담겨 있는 이 책에서 아시모프는 '로봇 공학의 3원
칙'◆을 천명했다. 딥 러닝이 가능한 AI가 개발되고 있는
오늘날 보기에는 순진할 정도로 클래식한 원칙이지만, 정
작 작가가 하려는 이야기는 인간을 향해 있다. 로봇 공학
의 3원칙에 충실한 존재라면 그게 로봇이건 인간이건 최
선의 존재일 것이다. 그러니 여러분, 로봇만도 못한 인간
은 되지 맙시다!

『흰눈 사이로 달리는 기분』은『아이, 로봇』보다 사십
여 년 뒤에 쓰인 책이지만, 어떤 의미에서는 가장 닮은꼴
인 내용이다. 로봇들이 도깨비 아자젤로 바뀌었을 뿐, 곤
란에 처한 인간을 돕는 존재가 인간을 곤란에 빠뜨리는
상황은 무척 흡사하다. 편법으로 해결한 한 가지 근심은
열 가지 근심을 몰고 오기 마련이니, 공짜로 주어지는 행
운을 주의할 것. 폭설로 고립되었을 때 읽으면 특히 의미

◆   1) 로봇은 인간에게 해를 가해선 안 되며 인간이 위험에 처하도록 방관해서도
안 된다. 2) 1원칙에 위배되지 않는 한 로봇은 인간의 명령에 복종해야 한다.
3) 로봇의 방어 행위가 1원칙과 2원칙에 위배되지 않는 한 로봇은 스스로를
지켜야 한다.

심장한 메시지로 다가온다.

◆ ◆ ◆

2010년 폭설에 다시 읽은 두 번째 책은『좀머 씨 이야기』다. 1990년대에 쥐스킨트는 센세이션이라 할 만큼 큰 인기를 끌었다. 절대 후각을 타고난 조향사가 주인공인 장편 소설『향수』를 대표작으로 꼽지만,『콘트라베이스』『깊이에의 강요』『좀머 씨 이야기』등이 모두 베스트셀러였다. 나 역시 쥐스킨트의 모든 작품을(거의 유일하게 흥행에 실패한 시나리오인『로시니 혹은 누가 누구와 잤는가 하는 잔인한 문제』까지) 초판으로 갖고 있으며, 그중 두 책은 독일어본도 샀다.

그럼에도 쥐스킨트를 특별히 좋아하는 작가라고 생각해 본 적은 없었다. 흔한 취향으로 보이고 싶지 않은 반발심이었을까. 매력을 발견하기 위해 굳이 노력을 기울일 필요가 없을 만큼 자명한 매력이어서 탐구열이 생기지 않았던 것 같다고 해 두자. 한데, 세상 모든 생명이 숨죽인 듯 고요한 날에, 난로 속 나무 장작이 내는 따뜻한 소음에 귀 기울이며 이 책 저 책 뒤적이다 망연자실했다.

쥐스킨트는 내가 기억하는 것보다 훨씬 어둡고 절망적인 무언가를 말하고 있었다. 그의 소설들에는 큰 잘못을 저지르거나 딱히 실수한 것도 없는데 사회의 가장자리로 밀려나게 된 사람이 늘 있다. 서서히 오랜 시간에 걸쳐 그렇게 되었기 때문에 그가 벼랑 끝에 있다는 사실을 아무도 알아차리지 못한다. 간혹 세심한 눈을 가진 관찰자가 그의 소외와 고립을 알아보기도 하지만, 해 줄 수 있는 일은 없다.

갑작스럽게 휘몰아친 강풍과 우박을 뚫고 걸어가는 좀머 씨를 발견한 이웃은 차를 태워 주겠다고 한다. 당신, 죽을 것 같아 보여요. 하지만 좀머 씨는 소리칠 뿐이다. 제발 나를 내버려 두라고. 타인의 호의를 감사히 받을 줄 모르고, 신세를 지느니 차라리 얼음덩어리들을 맨몸으로 맞는 쪽을 택하는 좀머 씨는 이상한 사람이다. 그렇지만 세상에 괴짜가 어디 한둘인가. 좀머 씨는 클라우스트로포비아를 앓고 있어. 그게 뭔데? 사람이 자기 방에 가만히 앉아 있지 못하는 병이지. 아, 그렇군. 타인의 호기심이란 아무리 선의여도 이 정도까지다.

폐소공포증 환자 좀머 씨는 눈이 쌓여 허리까지 푹푹 빠져도 집 안에 머물지 않는다. 멈추면 두려움에 따라잡힐까 봐 새벽부터 한밤중까지 쉬지 않고 발을 움직인다.

비바람을 맞으며, 뙤약볕 아래서, 언제나 전속력으로 걷는 그는 마을 풍경의 일부가 되어 버린다. 사람들은 그가 걷고 있다는 사실조차 잊어버린다. 그에게서 실내의 아늑함을 앗아 간 공포의 정체는 무엇이었을까. 그의 절박한 구보가 가슴을 엔다,

까지 썼는데, 돌연 신종 바이러스 감염병 소식이 들려왔다. 졸업식 결혼식이 취소되고 학교가 문을 닫았다. 위정자들이 우왕좌왕하는 사이 폭발적인 집단 감염으로 온 나라가 패닉이 됐다. 폐쇄 격리 휴업이 줄을 잇고 있다. 이건 계획에 없던 건데…….

◆ ◆ ◆

「마지막으로 할 만한 멋진 일」은 언젠가 기회가 된다면 꼭 한번 추천하려고 점찍어 둔 작품이었다. 제임스 팁트리 주니어라는 필명을 쓰는 작가의 중편 SF인데, 너무나도 특이하고 비극적인 작가의 이력에 초점을 맞춰 이야기해 볼까 했더랬다.

1915년 미국 시카고에서 태어난 팁트리는 2차 대전 당시 군에 입대, 항공사진 분석에 탁월한 재능을 보여 공

군 정보 장교로 활약했으며, 1950년대에는 CIA의 스파이로 수년간 일하기도 했다. 1967년, 실험심리학 박사학위 논문을 쓰면서 스트레스 해소용으로 쓴 SF 4편이 모두 잡지에 수록되면서 본격 작가 활동을 시작했다.

대략 십 년간 팁트리는 "지적이고 대담하며 전례 없이 독창적인" 작품들로 각종 SF 문학상을 휩쓸었다. "남자들은 그를 우러러봤고, 그들의 여자 친구들은 그와 사랑에 빠졌다." 동료 작가, 편집자, 기자와 평론가, 그리고 팬 들은 팁트리를 추적하는 데 혈안이 됐다. 그토록 매력적인 작가가 진짜로 누구인지 아무도 몰랐던 것이다.

팁트리는 버지니아 맥린 우체국 사서함으로만 세상과 소통했다. 출판사에 보내는 원고도, 팬레터에 대한 감사 엽서도, 필립 K. 딕이나 어슐러 르 귄과 주고받던 편지도 전부 다 'PO Box 315'에서 왔다. 신비주의는 집요한 호기심을 불러일으켰고, 그의 편지 친구 중 한 사람이 기어이 팁트리의 신상 정보를 캐내는 데 성공했다. 그가 최근 모친상을 당했다고 언급한 데 착안, 부고 기사를 추적해서 그의 본명이 앨리스 브래들리 셸던이고, 헌팅턴 D. 셸던의 아내인 예순한 살 여성임을 밝힌 것이다.

작품에 나타난 젠더 특성상 그가 여자일지 모른다고 추리했던 몇몇 인사들에게 대다수는 이렇게 반박했더랬다. 전문가 수준의 항공 우주 지식을 갖추고 정부 기관에서 일한 경험이 있을 것으로 추정되는 중년의 작가가 여성일 수는 없다고. 하지만 "보기 드물게 미끈한 근육질 소설가의 출현"은 흔하디흔한 페미니즘 스토리 중 하나로 귀결되었다. 영악하고 위장에 능한 여성 작가가 "몇몇 직업을 거치면서 최초인 여성으로 사는 경험을 너무 많이 했기 때문에" 남자 행세를 하기로 결심하게 되었다는 그런 이야기.◆

이것을 팁트리 주니어의 소설들에 등장하는 '투쟁하는 고립된 여성' 모티프와 연결시켜 얘기해 보면 어떨까 정도의 구상을 갖고 있었다. 그런데 난데없는 바이러스 출현으로 궤도 수정이 불가피해졌다. 그래도 긍정적인 점이라면, 「마지막으로 할 만한 멋진 일」을 추천하기에 이보다 더 시의적절한 때가 없다는 거다. 왜냐하면 이것은 끔찍한 감염에 맞서 싸운 용감하고 사랑스러운 한 소녀의 이야기기 때문이다.

인간이 태양계를 벗어나 우주 곳곳에 식민지를 건설할 만큼 기술이 진보한 시대, 주근깨가 귀여운 초록 눈의

◆ *James Tiptree, Jr.: The Double Life of Alice B. Sheldon*, Julie Philips, St. Martin's Press, 2006

소녀 코아티는 열여섯 살 생일에 부모님께 생애 첫 우주선을 선물 받는다. 코아티는 즉시 우주 공항으로 가 초소형 우주선에 연료를 가득 채우고 항해를 나선다. 물론 어른들께는 걱정 끼치지 않으려고 "별들이 북적대는 고향 행성 주변을 기웃거리면서 학급 친구들이나 가족의 지인들을 찾아다닐" 것처럼 자연스럽게 연기를 해 두었다.

하지만 똑똑하고 재능 있는 코아티의 목표는 그보단 야심만만했다. 소녀는 우주 연방의 경계 밖으로 나가 새로운 행성 탐사를 시도할 참이다. "근사한 지구형 행성"을 발견해 자기 이름을 붙일 수 있다면 더할 나위 없을 것이다. 한 가지 작은 고민이라면, 무작정 우주선을 끌고 나왔기 때문에 아직 목적지를 정하지 못했다는 거다.

"진짜 어디로 가지?"

그때, 우주선 연료 보급소에서 관계자들끼리 주고받던 얘기가 떠오른다. 900번 연방 기지 변방에서 북쪽으로 320억 킬로미터 떨어진 G0형 항성대 인근을 수색하던 탐사선들이 실종되고 있다. 우주 항로 개척에 혁혁한 공을 세운 노장 '보니'와 '코'도 최근 그 위치에서 통신이 두절됐다. 그래, 일단 그쪽으로 가 보는 거야. 혹시 알아? 내가 실종자를 찾아내 도움을 줄 수도 있잖아.

소설에 설정된 과학은 진지하게 따지지 말고 읽으시

라. 홀로그램 정보 송수신과 생체 동면 기술이 완벽하게 작동하고 광속으로 여행할 수 있는 비행체가 상용화된 시대니까, 고대인인 우리로선 기적 같은 일들이 모두 수월하게 이루어진다. 그런데 그토록 먼 미래에도 인간을 위협하는 것은 결국 외계에 존재하는 미지의 감염체다. 분자에서 원자 정도 크기에 불과한 그것은 사악하게도 '지적 생명체'여서 스스로 사고하고 판단하여 숙주의 뇌를 장악하고 통제한다.

「마지막으로 할 만한 멋진 일」은 팁트리가 알츠하이머를 앓던 남편을 산탄총으로 쏜 후 스스로 목숨을 끊기 이 년 전인 1985년에 발표한 단편이다. 하지만 작가의 이런 삶을 전혀 모르더라도 팁트리의 여러 작품들에서는 작가의 내면에 도사린 자살의 징후가 뚜렷이 감지된다. 그리고 많은 경우 그것은 이상과 현실 사이에서 고통 받는 인간이 절망으로부터 벗어나기 위해 취하는 유일한 수단으로 묘사된다. 그런데 이 이야기에서만은 그 자기 파괴가 숭고하고 영웅적인 선택으로서의 자기희생이다.

지금 대한민국은 마스크 바이러스를 앓고 있다. 불과 몇 달 전만 해도 한 장에 980원이던 KF94 마스크를 사려고 수백 미터씩 줄을 서고, 그 와중에도 너무나 많은 사람들이 저열함과 무지와 탐욕을 스스럼없이 드러내는 중이다. 생존 본능과 수치심은 얼마나 양립 불가능한가를 바이러스가 똑똑히 보여 주고 있다.

전문가들은 인간의 사회성이 바이러스 감염에 취약하도록 만든다고 한다. 하루 이틀만 집 안에 갇혀 있어도 우울과 무기력, 불면을 호소하는 사람들이 많다고 한다. 디지털 네트워크 시대의 현대인들이 이토록 접촉을 갈망하는 존재였다니, 일견 놀랍기도 하다. 다행히 인간은 사회적이어서 서로를 이롭게 할 줄도 안다. 리처드 도킨스는 『이기적 유전자』에서 이렇게 말했다. "개개의 인간은 기본적으로 이기적인 존재라고 가정한다 해도 우리의 의식적인 선견 능력, 즉 상상력을 통해 장래의 일을 모의 실험하는 능력에는 맹목적인 자기 복제자들이 일으키는 최악의 이기적인 행동에서 우리를 구출하는 능력이 있을 것이다. …… 이 지구에서는 인간만이 유일하게 이기적인 자기 복제자들의 전제에 반항할 수 있다."◆

내가 남을 낫게 할 수는 없지만, 집에 가만히만 있어도 바이러스 전파 억제에 도움 된다니, 현명하고 희생적인 사람들이 승리할 때까지 흔쾌히 고립되어 볼까 한다. 그리고 혹시 우주 소녀 코아티처럼 인류를 구할 절호의

◆   『이기적 유전자』, 리처드 도킨스, 홍영남 옮김, 을유문화사, 2006

찬스를 얻게 된다면 그 멋진 일을 해낼 일생일대의 용기가 내게도 있기를 소망해 본다,

라고 쓴 게 2월이었는데. 세상에나! 아직도 감염병은 현재진행 중이고, 나는 이 글을 계속 이어 쓰기 하고 있다.

◆ ◆ ◆

비대면 사회는 상상 이상으로 낯설다. 고무줄 늘어난 수면 바지에 와이셔츠와 넥타이는 개그맨들이 웃기려고 하는 옷차림인 줄 알았는데, 코로나 이후 온라인 쇼핑에서 가장 많이 팔린 의류 조합으로 등극했다. 월간 휴대전화 데이터 사용량은 60만 테라바이트로 역대 최고치를 경신했으며, 4000번 저어 만드는 수제 커피 동영상을 SNS에 공유하는 것이 트렌디한 취미가 되었다.

온라인 수업이 장기화되면서 전 세계 학생들의 학력 격차와 미디어 중독은 심각한 수준에 이르렀다. 집콕 생활 덕분에 게임 회사와 인터넷 플랫폼 기업들이 호황을 누리는 사이, 우리 동네에는 폐업하는 카페와 식당 들이 생겨나고 있다. 직경 80~200나노미터〔10억분의 1미터〕에 불과한 단백질 감염체가 인류의 흉흉한 미래상을 훌쩍

앞당겨 버린 지금, 이제는 행복한 삶의 정의마저 바뀌려 한다.

　나에게도 달라진 것들이 있다. 먼저, 여행을 싫어한다고 단언했던 점, 반성한다. 요즘 가장 해 보고 싶은 일 중 하나가 비행기 타는 것이다. 공항 고속도로를 달릴 때의 들뜨던 기분이 그립고, 난생처음인 나라에 첫발을 내디뎠을 때 훅 끼쳐 오던 낯선 냄새와 온도도 설렘으로 기억된다. 또한 정치의식 결여를 정치적 중립으로 포장하면서 개인 정보를 이익 창출의 수단으로 여기는 최고 책임자에 반대하기 위하여 SNS 계정을 싹 없앤 게 못내 아쉽다. 사람들과 접촉 없이 교감하는 수단으로 SNS만 한 게 없는데.(그렇지만 일단 삭제하고 나면 재가입은 쉽지 않다. SNS 없는 세상은 얼마나 한갓지고 속 편한지! 그래서인가. 남아도는 시간이면 심란한 뉴스들을 부지런히 찾아보고 있다.)

　무엇보다 바이러스와 싸우기 위해서라면 기꺼이 자발적 고립에 동참하겠노라 경솔히 선언한 점, 후회한다. 거짓 없이 솔직하게 자아를 성찰하지 못했다. 삼시 세끼를 손수 해 먹으며 외출과 모임을 자제했더니 코로나블루 증세가 뚜렷하다. 이럴 땐 또 뭘 읽어야 하나. 글쎄, 지금 앞에 펼쳐 놓은 책은 하이젠베르크의 『물리와 철학』◆인데, 디자인이 훌륭하고 본문 종이가 특히 맘에 들어 구입

한 거라 바이러스와는 아무런 관련이 없다. 물론 경험의 세계에서 상대주의의 오류에 빠지지 않고 옳은 진리를 통찰하는 힘은 어떻게 얻어지나를 알려 주는 탁월한 저작이라서 기회가 된다면 한 번쯤 읽어 볼 만하다. 하지만 이걸 누구에게 강권하는 건 진짜로 실례가 아닌가 싶고.

잘 모르겠다. 책 따위 팽개치고 사람 바글바글한 홍대에 친구들과 몰려가 술 마시며 깔깔대고 싶다. 숯가마 찜질방에 누워 구운 달걀 까 먹고, 헬스클럽에서 구슬땀 흘리며 자전거 페달도 돌려 보고 싶다. 식당이라면 모름지기 자리에 앉아서 음식을 받을 수 있어야 한다고 주장해 왔는데, 요즘은 왜 그렇게 뷔페에 가고 싶은지. 절제의 덕은 부족하고, 평범하게 살아도 괜찮은 자유만 한없이 그립다. 당해 보고 겪어 봐야 자신을 안다니, 행실이 말을 따라가지 못하면 결국은 위선자일 뿐이다.

우리 별이 탄생한 지 사십육억 년이 지났지만, 지구 생명체의 80퍼센트는 여전히 미생물이다.(개체수 기준) 인간처럼 크기가 거대하고 진화 속도가 느린 종은 언제나 환경 변화에 가장 취약할 수밖에 없다. 그에 반해 바이러스는 얼마나 신속하게 능률적으로 변이를 이뤄 내는지!

◆   조호근 옮김, 서커스출판상회, 2018.

부디 인간의 지성과 판단력이 이 지독한 전염병을 이겨 내는 데 훌륭히 기여하길 바란다. 고난의 시기일수록 각자도생은 유익한 생존 전략이 결코 아니다. 모두들 힘을 내 조금만 더 떨어져 있어 보자!(마침표.)

새로 시작하고 싶어요? 그럼,

『옥상에서 만나요』

솔직히 이런 글을 쓰고 있을 주제가 못 된다. 나이로 보나 경력으로 보나 새로운 시작을 말하기엔 한참 자격 미달이다. 그래서인가. 그 어느 때보다도 간절히 이런 생각을 하곤 한다. 끈질기게 고민하기를 멈추고 싶다. 패배를 백 퍼센트 인정하고 싶고, 새로운 시작에 대해 생각하기를 그만두고 싶다. 열정도 집념도 욕심도 없는 삶을 바란다. 그러면 고민도 갈등도 절망도 없을 테니. 나이 든 사람이 생각하는 새로운 시작이란 겨우 이런 것이다. 완두콩이나 상추로 다시 태어나지 않고는 이룰 길 없는 소망인데, 아뿔싸, 내가 윤회를 믿지 않는다.

좀 더 젊었다면 아마 달랐을 것이다. 0으로 되돌아가 시작하려 했겠고, 이제까지의 나는 잊고 환골탈태를 목표했을 것이다. 화장 말고 성형, 리모델링 말고 신축. 싹 밀어 버리고 새로 짓는 거다. 제자리에서 꼼지락꼼지락 버둥거려 봐야 조금 나아졌다 훨씬 더 나빠졌다 진자 운동을 거듭할 뿐이다. 철저히 새로우려면 디폴트값부터 재설정해야 한다. 멀리 이사를 가거나,(안 되면 대청소라도) 회사를 옮기거나,(마우스패드를 바꾸거나) 이혼 또는 절교를 하거나.(아무튼 개랑 헤어지거나.) 아니, 아예 이민을 가 버리는 게 후련하겠다. 서울이 싫으면 남해로, 한국이 싫으면 뉴질랜드로, 지구가 싫으면 우주로.

인간이 상상할 수 있는 가장 빠른 속도는 단연 빛의 속도다. 일 초에 30만 킬로미터, 일 년이면 9조 킬로미터, 목성까지 삼십오 분이면 가는 이 광속은 사실 우주에서는 거북이걸음이다. 은하계의 직경은 십만 광년(946,800,000,000,000,000킬로미터)이고, 대우주는 적게 잡아 오백억, 크게는 구백삼십억 광년 거리다.(게다가 점점 더 팽창하고 있다고.) 아직까지 인간은 어떤 유기생명체건, 예를 들어 벼 한 포기라도 대기권 밖에서 길러 내지 못했다.『마션』의 신통방통한 화성 생존 전략은 각 부분들을 떼어 놓고 보면 얼마간은 개연성이 있다지만, 다 합치면 죽자는 건지 웃자는 건지 모르겠는 소리다.

「스타워즈」에서 「가디언즈 오브 갤럭시」까지, 은하탐험과 워프를 아무렇지 않게 하는 히어로들을 우리가 너무 많이 봤다. 순 뻥이다. 웜홀은 설령 존재한다 하더라도 거기에 인간이 포함된 각종 우주여행 장비 일습을 집어넣고 유독 가스 자욱한 낯선 별에 무사히 착륙하는지 확인해 보기엔 대단히 위험하고 불안정한 구조일 것이다. 어디로든 도망쳐 영영 돌아오고 싶지 않은 자라면 시도해 볼 만한 새로운 시작법이긴 하다.(17세기에 대영제국도 신대륙 개척지들로 죄수들을 보내 준 이력이 있다.)

인간은 너무나도 인간 중심적이어서 오백 년 전만 해도 우리가 우주의 중심인 줄 알았더랬다. 지금은 그보단 약간 똑똑해져서, 우리가 우리은하 4분의 3사분면 외곽에서 초미세먼지 한 톨 크기의 존재감을 자랑하고 있다는 정도를 안다. 우리는 너무나 많은 것을 모르고 있어서 무엇을 모르는지조차 대부분 모른다. 이다지도 넓은 우주에 그다지도 많은 별이 있다면 대체 외계인은 어디에들 있단 말인가? 이탈리아 출신 물리학자 페르미가 던진 이 질문에 최근의 과학은 이런 답을 내놓는다. 어디에 있는지는 정확히 알 수 없지만, 만일 우리가 외계인을 만난다면 그것은 지구 멸망의 순간 직전일 것이라고.◆

◆　페르미의 역설에서 출발한 그레이트 필터(대여과기) 이론에 따르면, 모든 생명은 6단계의 진보 과정을 거치며, 매 6단계마다 어떤 생명체도 결코 뛰어넘을 수 없는 장벽, 즉 그레이트 필터로 막혀 있다. 우리가 아직 외계인을 만나지

'멸망'이라는 단어를 써 놓고 보니 정세랑의 「옥상에서 만나요」가 생각난다. 새로 시작하고 싶은 마음이 너무나 간절해서, 진짜 내가 뭐든 해 보겠다, 고대의 비법이건 망측한 주술이건 효험만 있다면 시키는 대로 다 하겠다, 각오가 비장한 분들께 권하고 싶은 소설이다. 더 이상 내몰릴 구석도 없이 뛰어내릴 일만 남은 옥상 가장자리에서, 근본 없는 외계인과 조우해 부부의 연을 맺고 새로운 인생을 시작하게 될 수도 있다.

정세랑의 소설에 등장하는 해괴한 존재들의 종류를 나열하자면 입이 아플 정도로 다채롭지만, 이 소설의 남자(맞나?) 주인공, "일단 사람이 아닌" 남편만큼 과학적인 외계 생명체는 다른 어떤 소설이나 영화에서도 본 기억이 없다. 생명과학자 최재천 교수는 외계 생명체가 "DNA 복제를 기반으로 하는 지구의 생명과 동일하리라고 믿는

못한 이유 역시 그레이트 필터 때문이다. 인류는 이미 5단계에 와 있는데, 우수한 한 종이 자신이 거주하는 행성의 환경 전체를 파괴할 만한 기술을 소유한 단계다. 우주여행은 그다음이다. 필요한 자원을 더 이상 얻을 수 없게 된 폐품 행성을 벗어나 새로운 우주 식민지를 건설할 기술 수준에 이른 단계. 어떤 외계 종이 이 단계에까지 도달해야 비로소 우리와 조우할 수 있을 것이다. 문제는, 피치 못할 사정으로 고향 땅을 떠나 아득히 먼 이곳까지 찾아온 고도의 지적 생명체의 주된 관심사가 단지 지구인들과의 '소통'은 아닐 거라는 점이다. 그래서 외계인=멸망이라는 암울한 공식이 만들어졌다.

것 역시 확률상 거의 불가능하다고 생각한다."◆라고 했다. 그러니까 인간의 눈으로 식별할 수 있는 형태, 가령 문어나 털북숭이 거미 혹은 갑각류를 닮은 외계인조차 실은 불가능에 가까운 거다. 그에 비하면 너울거리는 실루엣에 금속성 사운드를 내는 "멸망의 사도"는 높은 확률로 사실적이다.

옥상 난간 앞에서 절망적으로 시작되었음에도 "고려대에 뭘 주문한다고요?"에서 현(실)웃(음)이 터지고야 마는 이 소설은 끝내 예상을 깨고 "시스터"로 대동단결하는 해피엔드다. 내가 정세랑의 소설을 좋아하는 이유다. 문학은 인간에게 피하고 싶은 질문을 직구로 던지는 예술이다. 그래서 많은 소설들이 독자를 힘들고 불편하게 한다. 그리고 그런 걸 자꾸만 써내는 작가란 어딘가 음침하고 뒤틀린 반사회적 존재라는 이미지가 만연하다.

정세랑은 그런 소설가의 클리셰에서 가장 멀리 떨어져 있다. 작가가 이렇게까지 씩씩해도 되나 싶게 튼튼하고 환하다. 문장들조차 리드미컬해서 "원, 투, 쓰리, 포, 점프." 소리 내어 읽다 보면 체조를 하는 기분이다. 토닥토

◆　『생물다양성은 우리의 생명』, 유네스코한국위원회 기획, 최재천 외, 궁리, 2010

닥 안마를 받은 듯 마음속 뭉쳤던 데가 싹 풀린다. 책으로 희희낙락이라니, 하도 희귀한 경험이라서 약간은 나만의 길티 플레저기까지 하다.

원점에서 다시, 까지는 안 되더라도 하던 걸 계속, 정도는 할 수 있게 해 주는 외계인. 새로 시작하는 비결은 절망을 버리는 데서부터라고 알려 주는 존재. 이토록 즐거운 멸망이라면 언제고 나도 옥상으로 달려가 만날 의향이 있다. 그러나 잊지 말아야 할 것도 있다. 이 따뜻한 옥상 이론은 작가가 가진 굳건한 현실 감각의 토대 위에서 성립되었다는 사실을.

야멸친 매카시 옹께서 말씀하셨다시피, "처음부터 다시 시작하겠다는 너의 생각, 아니 누구의 생각이든, 그렇게 처음부터 다시 시작하는 건 없어. …… 중요한 건 어제야. 그런 하루하루가 모여서 너의 인생이 되지".♦ 뭔가 시도해 볼 열의도 기력도 다 스러져 가는 마당에 이런 말까지 들으면 허탈함에 속이 쓰릴지 모르겠다. 결국 새로 시작한다는 건, 무언가를 되돌리는 것도 지워 버리는 것도 건너뛰는 것도 아닌 거다. 나의 오류가 켜켜이 쌓여 이루어진 고원 위에다 또 다른 오류로 판명 날지 모를 돌멩이

♦　『노인을 위한 나라는 없다』, 코맥 매카시, 임재서 옮김, 사피엔스21, 2008

하나를 더 없는 일. 가까이에 있는 고장 난 것들을 수리하는 활동. 차근차근 고쳐 가며 다시 쓰려는 노력. 고작 그뿐이다.

그럼에도 그걸 거듭하는 이유는, 내가 있는 여기가 더 좋아졌으면 바라기 때문이고, 아직은 살아서 이곳에 있고 싶기 때문이다. 가끔 웃고, 하품을 하거나 눈물을 찍어 내면서 좋아하는 책을 읽는 게 행복하기 때문이다. 좋아하는 일을 그만두게 되고 싶지 않아서, 뭐라도 하며 더 버텨 보는 것이다. 그러다 힘들면 답답하고 풀이 죽어 탄식이 나오겠지만, 그럴 때는 고개를 들어 하늘을 보며 위안을 삼자. 아직 외계인이 눈에 띄지 않으니 지구는 당분간 무사하겠군.

차가운 텅 빈 우주에 희망을 거느니 차라리 바다에 버려지는 플라스틱 쓰레기를 분해하는 박테리아 연구의 조속한 성공을 기원하겠다. 반찬 그릇에 랩을 씌워 보관하는 습관을 버릴 것이고, 포장을 종이로 대체한다는 친환경 마케팅의 함정에 빠지지 않을 것이다. 패턴과 색상이 다른 에코백을 이것저것 바꿔 들고 다니며 지구를 지킨다고 착각하지 않겠다.(비닐봉지 한 장을 안 쓰는 것과 동일한 효과를 얻으려면 한 개의 에코백을 칠천백 일이나 사용해야 한다.) 오늘 저녁밥은 남기지 않을 양만큼만 덜어

담을 것이고, 커피 원두를 사러 갈 때는 꼭 유리병을 챙겨 가겠다. 그렇게 평범해도 시작은 무엇이든 새롭다.

라면과 에세이에 자신이 없다. 나는 갈비찜도 잡채도 맛있게 하고 해물파전도 뚝딱 부치는데, 망치기가 더 어렵다는 라면만은 기어코 맛없게 끓여 내는 재주가 있다. 에세이로 말할 것 같으면, 내가 몸담고 있는 출판사는 주력 분야가 에세이고, 기획한 에세이가 베스트셀러가 된 적도 몇 번 있다. 좋은 에세이, 팔리는 에세이, 망하는 에세이를 알아보는 나름의 감식안을 갖고 있다 자평한다. 그렇지만 그건 일이고, 그게 곧 내가 에세이를 쓸 수 있다거나 심지어 잘 쓸 수 있다는 뜻은 전혀 아니다.

에세이는 '한 개인'의 체험 경험 생각 감상이 독자와 같은 진동수로 공명해야 울림을 갖는 장르다. 지극히 사적인 글로 대중적 공감대를 형성할 수 있어야 한다. 바로 여기에 나의 치명적 약점이 도사리고 있다. 나는 사적인 부분을 드러내는 것이 너무도 불편한 외향적 내향성의 인간이다. 본성을 숨기고 활달한 척하는 건 오래 해서 익숙해졌지만, 어디 가서 자기소개만 하려 해도 겨드랑이에 땀이 차고 눈알이 욱신거린다.

이런 나에게 "서점의 에세이 코너에 놓일 수 있는 책"을 쓰라고, 멋진 후배 박여영이 말했을 때, 속으로 생각했다. 얘는 나를 모르나? 설마 에세이가 뭔지 모를 리는 없고, 진심인가 농담인가. 우물쭈물 망설이는데, 멋진 후배가 팀장님의 무게감으로 돌과 같은 위로를 주었다. "어떻게 써야 에세이가 되는지 선배가 잘 알잖아요. 비속어는 쓰지 말고요."

그 결과, 나는 작가들만 걸린다는, 일명 '마감병'에 평생 처음 걸려 보았다. 고급스러운 표현으로는 'writer's block', 계약서를 쓰고 나면 돌연 머릿속이 백지가 되는 게 주증상이다. 두어 달을 아무것도 안 쓰고 흘려보내자 두려움이 밀려왔다. 뭐라도 써야 한다. 단, 에세이로. 공황 상태에서 발버둥 치듯이 생각이라는 것을 해 봤다. 지난 사십 년간 내가 가장 오래 해 온 활동은 무엇인가. 길게 고민할 것도 없이 첫째는 잠자기요, 둘째는 글 읽기다. 인간이라면 누구나 엇비슷하게 자고 사니, 나의 잠에 남다름은 없을 것이다. 그리고 잠을 제외한 나의 사생활이란 어떻게든 책과 얽혀 있다. 그러니까 그걸 쓰면 된다. 그것밖에 쓸 게 없다. 근데 그걸로 에세이가 되나?

한국인이 좋아하는 맛 1위가 매운맛, 2위는 단맛이라는데, 내가 좋아하는 음식은 흰 쌀죽과 계란찜이다.(소화 기관에는 문제가 없다.) 나에게 에세이 쓰기란 불닭볶음면에 캡사이신 추가, 초코아이스크림에 초코시럽 추가 같은, 지옥의 주문으로 다가온다. 지리산 종주, 마라톤, 급류 래프팅보다 더 자신이 없단 말이다. 징징거리는 나에게 편집자로서 조언해 봤다. 본 대로 읽은 대로 그냥 솔직하게 써. 어쩐지 조삼모사 논리인데 스스로는 약간 설득이 됐다.

◆ ◆ ◆

내 취향은 전반적으로 편협하고 호불호가 뚜렷하다. 그러나 무엇을 싫어하는 것과 싫어한다고 말하는 것은 다르다. 책에 관한 한, 나는 전자는 괜찮지만 후자가 되기는 싫다. 그래서 공식적인 자리에서 책을 논하는 것은 가급적 안 하려고 해 왔다. 마음에 없는 듣기 좋은 소리는 평소에도 이미 너무 많이 하며 살고 있고, 진심으로 좋아해서 말했는데 호응을 얻지 못하면 그건 또 섭섭하기 때문이다.

무엇보다 한 권의 책을 있게 하기 위해 이 우주에 잠시나마 생성되었던 모든 힘겨운 에너지들을 생각하면 섣불리 무슨 말을 할 수가 없다. 어쨌거나 책은 존중해 드려야 할 대상이라는 직업의식이 있는 것이다. 그랬는데 이제 와서 책에 대한 나의 사적 취향을 고백하다니. 그래도 한 가지는 확실하게 말할 수 있다. 책 읽기의 본질은 다른 사람의 이야기를 '경청'하는 것이라고.

책은 누군가의 마음속에 있던 이야기를 부피와 무게와 두께를 가진 물질로 바꿔 놓은 것이다. 책에는 남들의 목소리와 남들의 이야기가 한가득이다. 어떤 때는 냄새도 맡아지고 맛도 느껴진다. 아프기도 하고 시원할 때도 있고 지긋지긋한 때도 있다. 그래서인지 책을 많이 읽으면 아무와 만나지 않아도 온 세상을 겪은 것처럼 힘들고 웃기고 무섭고 신나고 짜릿하다가 슬퍼 죽을 것 같다. 독서의 실용적 효능이라는 것은 믿지 않지만, 책을 읽고 있는 동안만은 내 마음이 세상의 수많은 마음들과 만나는 너른 광장에 서 있음을 발견한다.

세상에는 나와 전혀 다른 취향을 가진 사람들이 많을 것이다. 그러니 나의 이야기에 공감할 수 없다 해도 서로 어쩔 수는 없는 것이다. 그럼에도 한 사람의 독자인 내가 모르는 당신에게 실례를 무릅쓰고 권하고 싶은 책들이다. 조금이나마 관심이 가고 읽어 보고 싶은 마음이 든다면 기쁘고 고맙겠다. 계속 읽다가 어디선가 또 마주칩시다!

2020년 홍수 속에서

이수은

· 원서와 번역본 모두, 표기된 발행 연도는 작품의 최초 발표 연도가 아니라 내가 가지고 있
는 판본의 발행 연도다.
· 오픈소스는 웹 주소로 표기했다.

1부 마음만으로는 안 되는 일

『카타리나 블룸의 잃어버린 명예』, 하인리히 뵐, 김연수 옮김, 민음사, 2008 | *Die verlorene Ehre der Katharina Blum*, Heinrich Böll, dtv, 1995

『울분』, 필립 로스, 정영목 옮김, 문학동네, 2011 | *Indignation*, Philip Roth, Houghton Mifflin Harcourt, 2008

『일리아스』, 호메로스, 천병희 옮김, 종로서적, 1982; 도서출판 숲, 2015(제2판)

『달과 6펜스』, 서머싯 몸, 송무 옮김, 민음사, 2000

『변신』, 프란츠 카프카, 전영애 옮김, 민음사, 1998 | *Die Verwandlung*, Franz Kafka, Fisher, 1994

『레미제라블』, 빅토르 위고, 정기수 옮김, 민음사, 2012

『마담 보바리』, 귀스타브 플로베르, 김화영 옮김, 민음사, 2000

『죄와 벌』, 표도르 도스토예프스키, 김연경 옮김, 민음사, 2012 | 홍대화 옮김, 열린책들, 2000

『태평천하』, 채만식, 문학과지성사, 2005

『이름 없는 주드』, 토머스 하디, 정종화 옮김, 민음사, 2007 | 『비운의
　　주드』, 김회진 옮김, 영풍문고, 1997

『다섯째 아이』, 도리스 레싱, 정덕애 옮김, 민음사, 1999

『모두 다 예쁜 말들』, 코맥 매카시, 김시현 옮김, 민음사, 2008

『폭풍의 한가운데』, 윈스턴 처칠, 조원영 옮김, 아침이슬, 2003 |
　　Thoughts and Adventures, Winston Churchill, Norton,
　　1991

『우울과 몽상』, 에드거 앨런 포 소설 전집, 홍성영 옮김, 하늘연못,
　　2002 | 『에드거 앨런 포 단편선』, 전승희 옮김, 민음사, 2013

2부　괜찮다고 말하지 좀 마요

『설국』, 가와바타 야스나리, 유숙자 옮김, 민음사, 2002 | 장경룡 옮
　　김, 문예출판사, 1999

『햄릿』, 윌리엄 셰익스피어, 최종철 옮김, 민음사, 1998 | *Hamlet*,
　　Folger Library Shakespeare, Simon & Schuster, 2003

『차라투스트라는 이렇게 말했다』, 프리드리히 니체, 장희창 옮김, 민
　　음사, 2004 | *Also Sprach Zarathustra*, Friedrich Wilhelm
　　Nietzsche, Reclam, 1993

『필경사 바틀비』, 허먼 멜빌, 공진호 옮김, 하비에르 사발라 그림, 문
　　학동네, 2011 | *Bartleby, The Scrivener*, Herman Melville,
　　http://moglen.law.columbia.edu/LCS/bartleby.pdf

『돈키호테』, 미겔 데 세르반테스, 박철 옮김, 시공사, 2004

『파우스트』, 정서웅 옮김, 민음사, 1999 | *Faust. Erster und zwei-*
　　ter Teil, Johann Wolfgang von Goethe, Deutsche Biblio-
　　thek in Berlin, 1920

『고도를 기다리며』, 사뮈엘 베케트, 오증자 옮김, 민음사, 2000

『제5도살장』, 커트 보니것, 박웅희 옮김, 아이필드, 2005 | *Slaugh-*

terhouse-Five, Kurt Vonnegut, Dell Publishing, 1991

『카탈로니아 찬가』, 조지 오웰, 정영목 옮김, 민음사, 2001

마거릿 애트우드;『인간 종말 리포트』, 차은정 옮김, 2008 |『홍수』,
　　이소영 옮김, 2012 |『미친 아담』, 이소영 옮김, 2019; 민음사.
　　2019년 삼부작의 완결편『미친 아담』을 출간하면서 앞선 2편
　　도 원제 그대로『오릭스와 크레이크』『홍수의 해』로 제목을 바
　　꿔 개정판이 출간되었다.

3부　연결되어 있다는 것

『인간 실격』, 다자이 오사무, 김춘미 옮김, 2004, 민음사

『밀크맨』, 애나 번스, 홍한별 옮김, 창비, 2019

『위대한 개츠비』, 프랜시스 스콧 피츠제럴드, 김욱동 옮김, 민음사,
　　2010 | The Great Gatsby, F. Scott Fitzgerald, Scribner,
　　2004

『사랑의 단상』, 롤랑 바르트, 김희영 옮김, 문학과지성사, 1991 |
　　A Lover's Discourse, Roland Barthes, Richard Howard
　　trans., Farrar, Straus and Giroux, Inc, 1978

『젊은 베르테르의 슬픔』, 요한 볼프강 폰 괴테, 박찬기 옮김, 민음사,
　　1999 | http://www.digbib.org/Johann_Wolfgang_von_
　　Goethe_1749/Die_Leiden_des_jungen_Werther_.pdf

『참을 수 없는 존재의 가벼움』, 밀란 쿤데라, 송동준 옮김, 민음사,
　　1988. 번역에 대해 몹시 엄격한 작가 쿤데라가 송동준이 번역
　　한 독일어판이 아닌 프랑스어판을 대본으로 삼아 줄 것을 요청,
　　2009년 이재룡의 번역으로 재출간되었다.

『저물녘 맹수들의 싸움』, 앙리 프레데릭 블랑, 임희근 옮김, 열린책들,
　　1999

『소크라테스의 변론·크리톤·파이돈·향연』, 플라톤, 천병희 옮김, 도

서출판 숲, 2012

『카라마조프 가의 형제들』, 표도르 도스토예프스키, 김연경 옮김, 민
음사, 2007

『호밀밭의 파수꾼』, J.D. 샐린저, 윤용성 옮김, 문학사상사, 1993 | 공
경희 옮김, 민음사, 2001 | *The Catcher in the Rye*, J. D. Sa-
linger, Little, Brown Books, 1991

『고리오 영감』, 오노레 드 발자크, 박영근 옮김, 민음사, 1999

『이방인』, 알베르 카뮈, 김화영 옮김, 민음사, 2011

『논어』, 공자, 김원중 옮김, 글항아리, 2012 | 김형찬 옮김, 홍익출판
사, 2016

『자기만의 방』, 버지니아 울프, 이미애 옮김, 민음사, 2006

『풀하우스』, 스티븐 J. 굴드 지음, 이명희 옮김, 사이언스북스, 2002

4부 별일 없어도 읽습니다

『당신 인생의 이야기』, 테드 창, 김상훈 옮김, 엘리, 2016

『남아 있는 나날』, 가즈오 이시구로, 송은경 옮김, 민음사, 2009

생텍쥐페리, 『야간 비행』; 허희정 옮김, 펭귄클래식코리아, 2008 |
안응렬 옮김, 동서문화사, 2013 | 박상은 옮김, 푸른숲주니어,
2014 | 용경식 옮김, 문학동네, 2018. 내가 프랑스어를 모르는
게 이다지도 한탄스러웠던 적이 없다. 생텍쥐페리의 『야간 비
행』은 읽다가 뜻이 모호한 구절이 많아서 내가 갖고 있던 책 외
에 다른 번역본들을 이것저것 들춰 보게 됐다. 그런데 어떻게
그렇게 번역들이 제각각인지. 의미는 얼추 비슷하지만 세세한
뉘앙스의 차이가 너무 커서 인물들이 전부 다 다른 사람들처럼
읽혔다. 진짜 『야간 비행』은 어떤 글인지 몹시 궁금하고, 생텍
쥐페리의 번역이 그렇게나 어려운 건지도 궁금하다. 본문의 인
용 부분들은 한국어본들과 펭귄 모던클래식 영어본을 대강 대

조하며 이해한 나의 독해다.

『엘러건트 유니버스』, 브라이언 그린, 박병철 옮김, 승산, 2002

『방랑자들』, 올가 토카르추크, 최성은 옮김, 민음사, 2019

『수학의 확실성』, 모리스 클라인, 심재관 옮김, 사이언스북스, 2007

『넌 동물이야, 비스코비츠!』, 알레산드로 보파, 이승수 옮김, 민음사, 2010

『라쇼몬』, 아쿠타가와 류노스케, 서은혜 옮김, 민음사, 2014 | 『라쇼몽』, 양윤옥 옮김, 좋은생각, 2004

『브람스를 좋아하세요...』, 프랑수아즈 사강, 김남주 옮김, 민음사, 2008

『장마』, 윤흥길, 민음사, 2005

『삼국유사』, 일연, 김원중 옮김, 을유문화사, 2002; 민음사, 2008

『아라비안나이트』, 리처드 프랜시스 버턴, 김병철 옮김, 범우사, 1992 | *The Arabian Nights: Tales of 1,001 Nights*, Penguin Classics, Anonymous, Robert Irwin, et al. 2010 | *The Arabian Nights*, Norton Critical Editions, Daniel Heller-Roazen, Muhsin Mahdi, et al., 2009

『천일야화』, 앙투안 갈랑, 임호경 옮김, 열린책들, 2010

『선과 모터사이클 관리술』, 로버트 메이너드 피어시그, 장경렬 옮김, 문학과지성사, 2010

5부 지금까지 실례 많았습니다

『흰눈 사이로 달리는 기분』, 아이작 아시모프, 김승욱 옮김, 작가정신, 1996. 이 제목의 책은 절판된 지 오래고, 2015년에 열린책들에서 최용준의 번역으로 다시 출간되었다. 과거 판본에서 누락됐던 작품들을 모두 수록했고 제목도 원제 그대로 『아자젤』이다. 『흰눈 사이로 달리는 기분』은 톨스토이 단편집을 연상케 하는

환상 동화처럼 번역되었는데, 『아자젤』은 그보다는 한결 과학
판타지로 읽힌다.

『좀머 씨 이야기』, 파트리크 쥐스킨트, 유혜자 옮김, 열린책들, 1992
 | *Die Geschichte von Herrn Sommer*, Patrick Süskind,
 Diogenes, 1994
『마지막으로 할 만한 멋진 일』, 제임스 팁트리 주니어, 신해경 이수현
 황희선 옮김, 아작, 2016
『옥상에서 만나요』, 정세랑, 창비, 2018

인용 허가

◆ ◆ ◆

실례지만, 이 책이 시급합니다

◆ ◆ ◆

1판 1쇄 펴냄 2020년 10월 15일
1판 10쇄 펴냄 2023년 5월 31일

지은이 이수은
발행인 박근섭, 박상준
펴낸곳 (주)민음사

출판등록 1966. 5. 19. (제16-490호)
주소 서울시 강남구 도산대로1길 62
강남출판문화센터 5층 (06027)
대표전화 02-515-2000 팩시밀리 02-515-2007
www.minumsa.com

© 이수은, 2020. Printed in Seoul, Korea

ISBN 978-89-374-7994-6 03810

◆ ◆ ◆

정세랑(소설가)

이 책은 페이지 바깥으로 확산하는 색인들로 가득하다. 당신에게
꼭 필요한 운명적 책을 어디서 찾을 수 있을지, 예상치 못한 방향
을 가리키는 화살표로 기능한다. 만나야만 할 책을 만날 수 있게
해주는 '책에 대한 책'이 얼마나 소중한지 모른다. 읽을 때 우리 안
에서 찬란한 빛이 발생한다는 것을, 확고하게 믿는 사람만이 이런
책을 쓸 수 있다. 이렇게까지 솔직해도 되나 싶은 에세이의 행간
에 그 신뢰가 고농도로 흐른다. 저도 여전히 책의 힘을 믿습니다,
손등에 손바닥을 얹은 채 토로하고 싶어진다.